唐·權德輿 撰

權文公集

中國書店

詳校官候補主事臣郭在違

臣紀昀覆勘

欽定四庫全書　　集部二

權文公集　　別集類一　唐

提要

臣等謹案權文公集十卷唐權德輿撰德輿字載之天水人官至同平章事事迹具唐書本傳德輿嘗自纂制集五十卷楊憑序之其孫憲又編其詩文為五十卷楊嗣復序之今制集已佚文集亦久無傳本此本乃明嘉靖

二十年楊慎得之于滇南僅存目録及詩賦十卷劉大謨序而刻之又删其無書目録德輿文集舊目遂不可考惟文苑英華及唐文粹中時時散見尚有出此本之外者耳考王士禎居易録載權文公集五十卷註曰詩賦十卷文四十卷碑銘八卷議論二卷記二卷集序三卷贈送序四卷策問一卷書二卷疏表狀五卷祭文三卷稱無錫顧宸藏本劉體

仁之子凡寫之以貽士禎者然則德輿全集康熙中猶存不識何以今所傳者皆楊慎之殘本第士禎所註卷目以數計之乃八十卷與五十卷之説不合又不識其何故今既無可參證姑仍楊慎本録之焉乾隆四十九年九月恭校上

總纂官臣紀昀臣陸錫熊臣孫士毅

總校官臣陸費墀

權文公集原序

夫物常聚於所好也故葉公好龍天龍聞而下之穆王好仙王母降於瑤池況文章為天地間公器顧有好之而弗得者乎昔歐陽公好古碑刻人咸不憚數千仞之險數千里之遙購而致之觀諸集古録為可徵已唐權公載之為天水人相憲宗黼黻潤色彬彬可稱可泉胡公以其為鄉先達嘗景仰愛慕思欲誦其詩讀其書皇皇焉求之罔置在翰苑時每與升菴楊公論及升菴好

學慕古猶夫可泉也故遂識之心而恒訪之人經今三十稔矣始於滇南士人家偶獲是集重之不啻九鼎大呂惜其目録與詩賦十卷僅存其他作四十卷并自纂制集五十卷俱各散失莫知所在升菴託余轉寄可泉余意以此貽可泉固足以償其平生願見之懷恐其所未睹者將遂湮沒沈鬱終不可得不如梓而行之有是書者庶或見之將不遠千里欣欣然來相告矣寧不為可冀乎若夫權公人品之光明勳業之宏遠儒術之純

正詞翰之邃古載在國史及楊公嗣復之序茲弗容贅書此數語蓋以見二公嗜好之篤且以為權公全集之冈也序云乎哉嘉靖二十年歲在辛丑夏五月吉旦東阜劉大謨書

唐有天下二百二十載用文章顯於時代有其人然而自成童就傅以及考終命解巾筮仕以及鈞衡師保造次必於是視聽必於是文采皆正色而無駁雜調韻皆正聲而無奇邪滔滔如江河東注不知其極而又處命

書綸綍之任專考覈品藻之柄參化成輔翊之勲初中終全而有之得之於相國文公矣公諱德輿字載之天水人也旅望祖宗之遠當官行己之道語在國史銘於壙而碑於延此不敢詳今所載者因縁文業而已早歲為淮南江西從事掾管記室之任屬詞詣理奏入而報可移文走檄疆事迎解登朝為起居舍人改駕部員外郎換司勲郎中遷中書舍人凡四任九年專掌詔誥大則發德音修典冊洒朝廷之利澤增盛德之形容小則

褒才能敘官業區分流品申明沮勸無誕詞無巧語誠直溫潤真王者之言公昔自纂録為制集五十卷託於友人湖南觀察使楊公憑為之序故今不在編次之内其他千名萬狀隨意所屬牢籠今古窮極微細周流於親愛情理之間磅礴於勳賢久大之業不為利疚不以菲廢本乎道以行乎文故能獨步當時人人心服非以德爵齒挾而致之貞元中奉詔考定賢良草澤之士升名者十七人及為禮部侍郎擢進士第七十有二鸞鳯

杞梓舉集其門登輔相之位者前後十人其他征鎮岳牧文昌掖垣之選不可悉數方且繼居重任者猶森然非精識洞鑒鑒其詞而知其人何以臻此邪憲宗皇帝紹開中興始初英明申戚提法武功既愈文教是圖元和五年冬執政暴疾既瘖且痺未旬日而公作相憲章儒術潤色王度使和聲順氣發自廊廟而邕浹於幽遐我之所長時以推戴玉立冰潔無緇磷遷染之譏以文德自終豈徒然哉嗣復不佞發跡門館儀曹台席皆忝

前蜀公之元子中書舍人璩不幸短命其嗣憲孫泣奉文集求鄙文以冠篇首雖覲於巨海難挹於波濤而藉用白茅所資誠敬其五十卷次第具在集目銀青光祿大夫充集賢殿大學士楊嗣復撰謹序

欽定四庫全書

權文公集卷一

唐 權德輿 撰

賦

傷馴鳥賦

紛羽族之多端兮同翾飛而類殊有鸜鵒之微禽亦播質於洪鑪因稚子之嬉遊得中園之墜雛恣飲啄以馴擾來目前與座隅爾乃棲以籠檻鎩其羽翼留軒所以

為娛俾遐翥之無力乍踉蹌而將舉顧褷褷而復息雖主人之見容終使喪天和於自得或親賓至止嶶軫徐觸每聞絃而鼓翼亦逗節而翹足貌宛轉以成態聲間關而助曲乍寂寞以閒暇若凝情於相矚理輕毳以自潔類山元之佩玉每翔集以安畢同君子之自牧思謝尚之起舞邁風流之逸躅苟魯昭之不君因乾侯之出辱方渡濟以申儆伊涼德之自覆徵故老之相傳驗曩記之或存在端午之司辰剪其舌而能言巧喉囀以達

情順人心而不諼方渴日以呈材顧朱明之駿奔忽愀愴以顣頞響哀音於簾箔竟啁啾而不去若徊翔之有託悅心訝而未辯欻狸狌之攫搏俄斃踣而不勝紛血灑以毛落彼葛廬與冶長通鳥獸之音聲闕君子之周防無古人之至精既不能縱爾於遼廓又不能遂爾之生成使異類之得志曾未極其飛鳴則本夫養之之患適所以害其生生又憶夫清江之使者東海之波臣茍其時之不來則刳腸而涸鱗鶢鍾鼓而反悲馬皁棧而

多死雖為遇之已甚固又失其天理嘗聞乎聖賢之理物也愚智殊方薰蕕異藏善用無棄兮乎見其長各有攸處兮兩不相傷官天地而府萬物繇此道而為常吾既悟斯理之不早因失之而後防收視聽以冥觀兮遂羣性之茫茫

洞庭春溜滿賦 送陸灞赴荊州

湖瀰瀰兮蕩東風以發春春溜滿兮連淨緑以無垠接遠色於青草散晴輝於白蘋及夫反照安流煙光明麗

霞生水底鳥沒空際聽櫂謳之四起見片帆之遠逝杳空曠以澄鮮窮千里於一睇若乃路轉涔陽波連沅湘杜蘅秀兮蕙若芳寫雲翠兮沉夕陽月明露下靄蒼蒼結遐想於騷人兮悄目極以心傷婉婉長離翩翩綠鷁遠泛桃花之浪去從蓮府之辟雲兮水兮指前程於空碧

行舟逗遠樹賦 送嚴謩赴東陽

有美一人兮桂為楫蘭為舟逗遠樹之晴影泛春江之

碧流乍迷雲葉稍映蘋洲凝暮色於愁睇空藹藹以悠悠的的輕帆亭亭遠質喜揚舲之漸近嗟轉岍而還失映微波以蔥蒨貯嵐翠之蒙密愴南浦之別離占横塘之風日柳怨别兮楓傷春望不辯兮愁殺人空江邊兮遠郊外紛離緒兮相對覃標落照以微明羃夕烟而又晦波茫茫兮景沉沉思結纜於清陰惜歸舟之不駐傷遠目以軫離心

詩

奉和聖製九月十八日賜百寮追賞因書所懷

錫宴朝野洽追歡堯舜情秋堂絲管動水榭烟霞生黄
花媚新霽碧樹含餘清同和六律變交泰萬寓平春藻
下中天湛恩闡文明小臣諒何以亦此賡華纓

奉和聖製九日言懷賜中書門下及百寮

令節在豐歲皇情喜乂安絲竹調六律簪裾列千官烟
霜暮景清水木秋光寒筵開曲池上望盡終南端天文
麗慶霄墨妙驚飛鸞願言黄花酒永奉今日歡

奉和聖製重陽日中外同歡以詩言志因示百寮

玉醴宴嘉節拜恩歡有餘煌煌菊花秀馥馥萸房舒白露秋稼熟清風天籟虛和聲度簫韶瑞氣深儲胥百辟皆醉止萬方今宴如宸衷在化成藻思煥瓊琚微臣徒竊抃豈足歌唐虞

奉和聖製中春麟德殿會百寮觀新樂

仲春藹芳景内廷宴羣臣森森列干戚濟濟趨鈞陳大樂本天地中和序人倫正聲邁咸濩易象含羲文玉俎映朝服金鈿明舞茵韶光雪初霽聖藻風自薰時泰恩

澤溥功成行綴新賡歌仰昭回竊比華封人

奉和聖製中和節百官宴集因示所懷

萬方慶嘉節燕喜皇澤均曉開蓂葉初景麗星鳥春藻

思貞百度著明並三辰物情舒在陽時令宏至仁衢酒

和樂被薰絃聲曲新賡歌武弁側永荷元化醇

奉和聖製重陽日即事六韻

嘉節在陽數至歡朝野同恩隨千鐘洽慶屬五稼豐時

菊洗露華秋池涵霽空金絲響仙樂劒舄羅宗公天道

光下濟睿詞敷大中多慙擊壤曲何以報堯聰

奉和聖製豐年多慶九日示懷

寒露應秋杪清光澄曙空澤均行葦厚年慶華黍豐聲明暢八表宴喜陶九功文麗日月合樂和天地同聖言在推誠臣職惟匪躬瑣細何以報飄飛淳化中

贈文敬太子廟時享退文舞迎武舞樂章

干旄羽籥相虧蔽一進一退殊行綴昔獻三雍盛禮容令陳六佾崇儀制

讀穀梁傳二首

荀寅士吉射誠乃蔽聰明奈何趙志父專舉晉陽兵下令漢七國借此以為名吾嘉徙薪智禍亂何由生

憶昔溴梁會豈伊無諸侯羣臣自盟歃君政如贅旒有力則宗楚何人復尊周空文徒爾貶命去更誰尤

劉紹相訪夜話因書即事

故人愴久别兹夕款郊扉山僮漉野醞稚子褰書帷清露溼珠瑩金波流玉徽忘言我造適瞪視君無違但令

靜勝躁自使癯者肥不待遽生年從此知昔非

卧病喜惠上人李錬師茅處士見訪因以贈

沉痾結繁慮臥見書窗曙方外三賢人惠然來相親整巾起曳策喜非車馬客支郎有佳文新句凌碧雲霓裳何飄飄浩志凌紫氛復有沉冥士遠係三茅君各言麋鹿性不與簪組羣清言出象繫曠跡逃元纁心源蹔澄寂世故方糺紛終當逐師輩巖桂香氳氛

多病戲書因示長孺

行年未四十已覺百病生眼眩飛蠅影耳厭遠蟬聲甘
辛敗六藏氷炭交七情唯思曲肱枕搔首擲華纓

古興

月中有桂樹無翼難上天海底有龍珠下隔萬丈淵人
生大限雖百歲就中三十稱一世晦明烏兔相推遷雪
霜漸到雙鬢邊沉憂戚戚多浩歎不得如意居大半一
氣暫聚常恐散黃河清兮白石爛

感興

殘雨倦欹枕病中時序分秋蟲與秋葉一夜隔窗聞虛室對揺落晤言無與羣㝠心試觀化世故如絲棼但看鳶戾天豈見山出雲下里徒擊節朱絃秘南薰梧桐秀朝陽上有威鳳文終待九成奏來儀瑞吾君

跌傷伏枕有勸醲酒者輒忘所苦因有一絶

一杯宜病士四體委胡床輒得遺形處陶然在醉鄉

病中苦熱

三伏鼓洪爐支離一病夫倦眠身似火渴歠汗如珠悖

乏心難定沉煩氣欲無何時洒微雨因與好風俱

覽鏡見白鬚數莖光鮮特異

秋來皎潔白鬚光試脫朝簪學酒狂一曲酣歌還自樂兒童嬉笑挽衣裳

南亭曉坐因以示璩

隱几日無事風交松桂枝園廬含曉霽草木發華姿跡似南山隱官從小宰移萬殊同野馬方寸即靈龜弱質常多病流年近始衰圖書傳授處家有一男兒

竹逕偶然作

退朝此休沐閉户無塵氛杖策入幽逕清風隨此君琴觴姿偃傲蘭蕙相氛氲幽賞方自適林西烟景曛

拜昭陵過咸陽墅

李子乏二頃揚雄才一廛伊予此南畝數已逾前賢頃歳辱明命銘勲鏤貞堅遂兹操書致内顧增缺然乃葺場圃事迨今三四年適因昭陵拜得抵咸陽田田夫競致辭鄉耋爭來前村盤既羅列鷄黍皆珍鮮古稱禄代

耕人以食為天自懃廩給厚諒使井稅先塗塗溝塍霧
漠漠桑柘烟荒蹊沒古木精舍臨秋泉池籠豈所安樵
牧乃所便終當解纓絡田里諮因緣

早春南亭即事

虛齋坐清晝梅坼柳條鮮節候開新歷筋骸減故年振
衣懃艾綬闚鏡嘆華顛獨有開懷處孫孩戲目前

璩授京兆府參軍戲書以示兼呈獨孤郎

見爾府中趨初官足慰吾老牛還舐犢凡鳥亦將雛喜

至龢成感癡來或欲殊因慙玉潤客應笑此非夫

書紳詩

和靜有真質斯人稱最靈感物惑天性觸里紛多名禍
機生隱微智者鑒未形敗禮因近習喆人自居貞當令
念慮端鄙嫚不能萌茍非不踰矩焉得遂性情謹之在
事初動用各有程千里起步武濃雲自纖莖心源一流
放駭浪奔長鯨淵木茍端深枝流則貞清和理通性術
悠久方昭明先師留中庸可以導此生

侍從遊後湖讌望

絶境殊不遠湖塘直吾廬烟霞旦夕生泛覽誠可娱慈顔俯見喻輟爾詩與書清旭理輕舟嬉遊散煩劬宿雨蕩殘燠惠風與之俱心靈一開曠機巧眇已疎中流有荷花花實相芬敷田田緑葉映艷艷紅姿舒繁香好風結淨質清露濡丹霞無容輝嫮色亦踟蹰穠芳射水木歆葉遊龜魚化工若有情生植皆不如輕舟任沿泝畢景乃躊躇家人亦恬曠稚齒皆忻愉素絃激淒清旨酒

盈罇壺壽觴既頻獻樂極隨歌呼圓月初出海澄輝來滿湖清光照酒酣瀕傾百慮無以茲心目暢敵彼名利途輕肥何為者漿藿自有餘願消區中累保此湖上居無用誠自適年年翫芙蕖

晨坐寓興

清晨坐虛齋羣動寂未喧泊然一室內因見萬化源得喪心既齊清淨教益敦境來每自愜理勝或不言亭柯見榮枯止水知清渾悠悠世上人此理法難論

郊居歲暮因書所懷

養拙方去喧深居絕人事返耕忘帝力樂道疎代累修然衡茅下便有江海意寧知肉食尊自覺儒衣貴烟霜當暮節水石多幽致三徑日閑安千峰對深邃策藜出村渡岸幘尋古寺月魄清夜琴猿聲警朝寐地偏芝桂長境勝烟霞異獨馬帶晴光疎篁淨寒翠窓前風葉下枕上溪雲至散髮對農書齋心看道記清言覈名理開卷窮精義求譽觀朶頤危身陷芳餌紛吾守孤道世業

常恐墜就學緝韋編銘心對欹器元和暢萬物動植咸

使遂素履期不渝永懷丘中志

暮春閒居示同志

避諠非傲世幽興樂郊園好古每開卷居貧常閉門曙

鐘來古寺旭日上西軒稍與清境會暫無塵事煩靜看

雲起滅閒望鳥飛飜乍問山僧偈時聽漁父言體羸諳

藥性事簡見心源冠帶驚年長詩書喜道存小池泉脈

湊危棟燕雛喧風入松陰靜花添竹影繁灌園輸井稅

學稼奉晨昏此外知何有怡然向一罇

秋病初愈月夜詠左思招隱詩因而成詠

閒吟理輕步不厭涼風永斷續風際聲清波月中影瑩光拂花露泉脈連桐井心暢百慮銷境閒萬籟靜前賢有遺韻顧我三日省澄懷方自怡星河漸耿耿

臥病初愈崔侍御相訪

移疾門常掩今朝枉繡衣笑言心乍愜拜起力猶微晚歲貞筠少貧家上客稀如何忽相訪里巷有清輝

夏雨率成呈邑中諸公

片雲飛暮雨瀟洒小亭閒細響疎無裡微涼坐卧間已深池際水更緑枕前山未敢勞車馬柴扉且閉關

與故人夜坐道舊

笑語歡今夕烟霞愴昔遊清羸還對月遲暮更逢秋勝理方自得浮名不在求終當製初服相與卧林丘

自咎

自咎何窮飄然蓽户中清時名未立稔歲室猶空幽

獨憩芳桂飛鳴羨早鴻未知何所見歎息向秋風

田家即事

閒卧藜床對落暉翛然便覺世情非漠漠稻花資旅食青青荷葉製儒衣山僧相訪期中飦漁父同遊或夜歸詩學尚平婚嫁畢渚煙溪月共忘機

寓興

弱冠無所就百憂鍾一身世德既顛墜素懷亦堙淪風煙隔嵩丘羸疾滯漳濱昭代未通籍豐年猶食貧敢求

庖有魚但慮甑生塵俛首愧僮僕蹇步羞親賓豈伊當途者一一由中人已矣勿復言吾將問秋旻

浩歌

杖策出蓬蓽浩歌秋興長北風吹荷衣蕭颯景氣涼通逵抵山郭里巷連湖光孤雲淨遠峰綠水溢方塘魚鳥樂天性雜英互芬芳我心獨何為萬慮縈中腸履道身未泰主家謀不臧心為世教牽跡寄翰墨場出處兩未定羈羸空自傷沉憂不可裁佇立河之梁晚歸茅簷下

左右陳壺觴獨酌復長謡放心遊八荒得喪同一域是非亦何常胡為苦此生矻矻徒自强乃知杯中物可使憂患忘因兹謝時輩栖息無何鄉

與道者同守庚申

洞真善救世守夜看僊經俾我外持内當兹申配庚齋心已恬愉澡身自清明沉沉簾幃下靄靄燈燭清四支動用息一室虚白生收視忘取捨叩齒集神靈伊予嗜欲寡居常夙恙輕三尸既伏竄九藏乃和平無令耳目

勝則使性命傾窅然深夜中若與元氣幷釋宗稱定慧儒師著誠明派分示三教理詣無二名吉祥能止止委順則生生視履苟無咎天祐期永貞應物智不勞虚中理自冥豈資金丹術即此駐頹齡

丙寅歲苦貧戲題

清朝起藜床雪霜對枯籬家人來告予今日無晨炊鹺醯一已罄薪炭固難期厚生彼何人工拙各異宜間歲從使撽親賓苦川馳雖非悖而入與出常相隨吳門與

南畝頗亦持鎡基有時遇豐年歲計猶不支顏淵諒賢
人陋巷能自怡中憶裴子野泰然傾薄糜愧非古人心
戚戚愁朝飢近古猶不及太上那可希柰何時風扇使
我正性衰巧智競憂勞展轉生澆漓吾覿黃金印未勝
青松枝粗令有魚菽豈復求輕肥顧慙主家拙甘使羣
下嗤如何致一杯醉後無所知

獨酌

獨酌復獨酌滿盞流霞色身外皆虛名酒中有全德風

清與月朗對此情何極

知非

名教自可樂搢紳貴行道何必學狂歌深山對豐草

誡言

言之或未行前哲所不取方寸雖浩然因之三緘口

醉後

美禄與賢人相逢自可親願將花柳月盡賞醉鄉春

權文公集卷一

權文公集卷二

唐 權德輿 撰

詩

奉和李相公早朝於中書候傳點偶書所懷奉呈

門下相公中書相公

五更鐘漏歇千門扃鑰開紫微殘月下黄道曉光來辨

色趍中禁分班列上台祥煙初繚繞威鳳正徘徊斧藻

歸全德輪轅適衆材化成風偃草道合鼎調梅渥命隨
三接皇恩暢九垓嘉言造膝去喜氣沃心迴東閣延多
士南山賦有臺陽春那敢和空此詠康哉

奉和于司空二十五丈新卜城南郊居接司徒公
別墅即事舊情奉獻兼呈李裴相公

一德承昌運三公翊至尊雲龍諧理代魚水見深恩別
墅池塘曉晴郊草木蕃溝塍連杜曲茅土盛於門卜築
因登覽經邦每討論退朝鳴玉會入室斷金言材俊依

東閣壺觴接後園逕深雲自起風静葉初翻宰物歸心
近虚中即化源巴人寧敢和空此媿遊藩

奉和新卜城南郊居得與衛右丞鄰舍因賦詩寄

贈

上宰坐論道郊居仍里仁六符既昭晣萬象隨陶鈞旭
旦下玉墀鳴騶拂車茵軒窻退殘暑風物迎蕭辰山澤
蓄雨出林塘魚鳥馴豈同求羊逕共是羲皇人石君五
曹重左户三壤均居止烟火接逢迎雞黍頻大方本無

隅盛德有必鄰千年郢曲後復此聞陽春

奉和韋曲莊言懷貽東曲外族諸弟

韋曲冠蓋里鮮原鬱青蔥公台睦中外墅舍鄰西東騶馭出國門晨曦正曈曨燕居平外土野服參華蟲疆畝分古渠烟霞連灌藂長幼序以齒歡言無不同憶昔全盛時鄖郇播休功代業擴宇內光塵謁墟中慨息多永歎歌詩辱時風小生忝瓜葛慕義斯無窮

和王侍郎病中領度支煩迫之餘過西園書堂閒

望

憑檻轂繁務晴光烟樹分中邦均禹貢上藥驗桐君滿

遥風轉蕙卷簾山出雲鏘然玉音發餘興在斯文

奉和度支李侍郎早朝

夙駕趨北闕曉星啟東方鳴騶分騎吏列燭散康莊照

灼華簪並逶迤綺陌長腰金初辯色噴玉自生光獻替

均三壤貞明集百祥下才叨接武空此媿文昌

奉和劉侍郎司徒奉詔伐叛書情呈宰相

玉帳元侯重黃樞上宰雄緣情詞律外宣力廟謀中震耀恭天討嚴凝助歲功行看畫麟閣凜凜有英風

奉和鄜州劉大夫麥秋出師遮敵有懷中朝親故

天子受全才故人雄外臺緑油登上將青綬亞中台亭障鳴笳入風雲轉旆來蘭防分杳杳麥壠望莓莓月向琱弓滿蓮依寶劒開行師齊鸛列錫馬盡龍媒壯志徵梁甫嘉招萃楚材千尋推直幹百鍊去纖埃間濶勞相望歡言幸早陪每聯花下騎幾泛竹間杯芳訊雙魚遠

流年兩鬢催何時介圭覲攜手詠康哉

太原鄭尚書遠寄新詩走筆酬贈因代書賀

曉開閶闔出綠言共喜全才鎮北門職重油幢推上畧榮兼革履見深恩昔歲經過同二仲登朝並命慚無用曲臺分季奉齋祠直筆繫年陪侍從芬芳雞舌向南宮伏奏丹墀跡又同公望數承黃紙詔虛懷自號白雲翁戎裘蹀躞紛出祖金印煌煌寵司武時看介士閱犀渠每押儒生冠章甫晉祠汾水古并州千騎雙旌居上頭

新握兵符應感激遠紱詩句更風流緇衣諸侯諒稱美

白衣尚書胡可比只今麟閣待丹青努力加飧報天子

奉和許閣老酬淮南崔十七端公見寄

文行藴良圖聲華挹大巫掄才超粉署駮議在黃樞自

得環中辨偏推席上儒八音諧雅樂六轡騁康衢密侍

金鑾鏘珮雄才本棄繻鑪烟霏璅闥宮漏滴銅壺舊友雙

魚至新文六義敷斷金揮麗藻比玉詠生芻交辟嘗推

重單辭忽受誣風波疲賈誼岐路泣楊朱溟漲前程險

炎荒旅夢孤空悲鳶跕水飜羨雁銜蘆故國方迢遞羈愁自鬱紆遠猷來象魏霈澤過番禺盡室扁舟客還家萬里途索居因仕宦著論擬潛夫帆席來應駛郊園半已蕪夕陽尋井逕涼吹動纖枯憶昔同驅傳忘懷或據梧幕庭依古剎緡税給中都瓜分經過慣龍沙眺聽殊春山嵐漠漠秋渚露塗塗德輿建中興元之間與崔同為鹽鐵邑大夫從事楊子既濟寺貞元初德輿受辟於江西廉推崔又知度支院在馬孰謂原思病非關甯武愚方看簪獬豸俄歎縶駒駼芳訊風情在佳期歲序徂二

賢歡最久三益義非無栢悅心應爾松寒志不渝子將陪禁掖亭伯限江湖交分終推轂離憂莫向隅分曹日相見延首憶田蘇

奉和李給事省中書並寄劉苗崔三曹長因呈許陳二閤老

常寮幾處伏明光新詔聯翩夕拜郎五夜漏清天欲曙萬年枝暖日初長分曹列侍登文石促膝閒謠接羽觴共說漢朝榮上賞豈令三友滯馮唐

過張監閣老宅對酒奉酬見贈其年停貢舉

里仁無外事徐步一開顏荆玉收難盡齊竽喜暫閒秋風傾菊酒霽景下蓬山不用投車轄甘從倒載還

奉和張舍人閣老閣中直夜思聞雅琴因以書事通簡僚友

紫垣宿清夜藹藹復沉沉圓月衡漢淨好風松滌深軒窓韻虛籟蘭雪懷幽音珠露銷暑氣玉徽結遐心盛才本殊倫雅誥方在今佇見舒彩翮翩飛鳳歸林

和兵部李尚書東亭詩

三接履聲退東亭斯曠然風流披鶴氅操割佩龍泉雲卷巖巘疊雨餘松桂鮮豈煩禽尚遊所貴天理全

和司門殷員外早秋省中書直夜寄荊南衛象端公

共嗟王粲滯荊州才子為郎憶舊遊涼夜偏宜粉署直清言遠待玉人酧風生北渚烟波濶露下南宮星漢秋早晚得為同舍侶知君兩地結離憂

酬陸三十二叅浙東見寄

驄馬别已久鯉魚來自京慇懃故人意惆悵中林情茫茫重江外杳杳一枝瓊搔首望良覿為君華髮生

奉酬張監閣老雪後過中書見贈加兩韻簡南省僚舊

寓直久叨榮新恩倍若驚風清五夜永節換一陽生潘鬢年空長齊竽藝本輕常時望連茹今日劇懸旌枉步歡方接含毫思又縈煩君白雪句歲晏若為情

酬主客仲員外見賀正除

五年承乏奉如綸才薄那堪侍從臣禁署獨聞清漏曉

命書慙對紫泥新周班每喜簪裾接郢曲偏宜諷詠頻

憶昔曲臺嘗議禮見君論著最相親

奉和太府韋卿閣老左藏庫中假山之作

春山仙掌百花開九棘腰金有上才忽向庭中摹峻極

如從洞裡見昭回小松已負干霄狀片石皆疑縮地來

都內今朝似方外仍傳麗曲寄雲臺

奉和崔評事寄外甥劉同州幷呈杜賓客許給事

王侍郎昆弟楊少尹李侍御幷見寄之作

芳訊來江湖開緘粲瑶碧詩因乘黄贈才擅雕龍格深陳名教本諒以仁義積藻思成采章雅音聞皦繹清時左馮翊貴士二千石前日應星文令茲敞華戟謝公嘗乞墅（乞音氣）甯氏終相宅往歲疲草元忘年齊舉白酒酣吟更苦夜艾談方劇棗巷風雨秋石頭烟水夕多逢長者轍不屑諸公辟酷似仰牢之雄詞挹亭伯老驥念千

里飢鷹舒六翮巨能捨郊扉來偶朝中客

和職方殷郎中留滯江漢初至南宮呈諸公并見

寄

十歲别文昌藩符寄武當師貞上介辟恩擢正員郎藻思烟霞麗歸軒印綬光頃佐山南榮加章服還希駐輦問莫自歎

馮唐

奉酬從兄南仲見示十九韻

晉季天下亂安丘佐關中德輝靄家牒侯籍推時功簪

纓盛西州清白傳素風逢時有舒卷繕性無窮通吾兄
挺奇資向晦道自充耕鑿汝山下退然安困蒙詩成三
百篇儒有一畝宮琴書滿座右芝朮生牆東麗藻粲相
鮮晨輝艷芳蕤清光杳無際皓魄流霜空邦有賢諸侯
主盟詞律雄薦賢比文舉理郡邁文翁樓中賞不獨池
畔醉每同聖朝闢四門發跡貴名公小生何為者徃歲
學雕蟲華簪映武弁一年被徵躬開緘捧新詩瓊玉寒
青葱謬進空內訟結懷遠忡忡時來無自疑刷翮摩蒼

穹

酬千牛四郎早秋見寄

浩歌坐虛室庭樹生涼風碧雲滅奇彩白露萎芳叢感此時物變悠然遐想通偶來被簪組自覺如池龍少年才藻新金鼎世業崇鳳文已彪炳瓊樹何青葱聯鑣長安道接武承明宫君登玉墀上我待彤庭中疲病多内愧切磋常見同起予覽新詩逸韻凌秋空相愛每不足因兹寓深衷

酬靈徹上人以詩代書見寄時在薦福寺坐夏

蓮花出水地無塵中有南宗了義人已取貝多翻半字還將陽燄諭三身碧雲飛處詩偏麗白月圓時性本真更喜開緘消熱惱西方社裏舊相親

酬蔡十二博士見寄四韻

蕪城十年别蓬轉居不定終歲白屋貧獨謡清酒聖風塵章帶減霜雪松心勁何以浣相思啟元能盡性君著周易

戲和三韻

墨翟突不黔范丹甑生塵君今復勞歌鶴髮吹濕薪前詔許真秩何如巾軟輪君貞元十一年以隱君拜命詔書令州府給傳乘詣闕到日授正官

李十韶州寄途中絶句使者取報修書之際口號

酬贈

詔下忽臨山下郡不妨從事恣攀登莫言向北千行雁別有圖南六月鵬

崔四郎協律以詩見寄兼惠蜀琴因以酬贈

臨風寄煩想容至傳好音白雪緘郢曲朱絃亘蜀琴泠泠響幽韻款款寄遐心晚歲何以報與君期斷金

酬馮絳州早秋絳臺感懷見寄

良牧閒無事層臺思眇然六條榮印綬三晉辯山川洗憒謳謠合開襟眺聽偏秋光連大鹵霽景下新田葉落徑庭樹人歸曲沃烟武符頌美化元字訪疑年經術推多識鄉曹亦累遷齋祠常並冕官品每差肩按部青絲

騎裁詩白露天知音愧相訪商洛正閒眠

酬趙尚書杏園花下醉後見寄（時為太常卿）

春光深處曲江西八座風流信馬蹄鶴髮杏花相映好

羨君終日醉如泥

酬趙尚書城南看花日晚先歸見寄

杜城韋曲遍尋春處處繁花滿目新日暮歸鞍不相待

與君同是醉鄉人

權文公集卷二

欽定四庫全書

權文公集卷三

唐 權德輿 撰

詩

伏蒙十六叔寄示喜慶感懷三十韻因獻之

受氏自有殷樹功緬前秦圭田接土宇侯籍相紛綸二十代祖前秦射安立敬公事具十六國春秋及晉書八代祖周宜昌公七代祖隋郿城公六代祖皇朝封平涼公皆以勲庸而受爵土也道義集天爵菁華極人文握蘭中臺并折

桂東堂春五代伯祖屯田郎中府君叔祖水部員外郎府君同登省闈事具南宮故事曾王父成都府君曾祖叔梓州府君長安府君同以進士居甲科載在登科記之内也祖德蹈前哲家風播清芬王父古羽林録事席君與席文公建侯有善又與蘇司業源明已著作融為文章之友唱酬往復各有文集先公秉明義大節逢艱屯獨立挺忠孝至誠感神人命書備追錫跡遠道不伸小生諒無似積慶遭昌辰九年西掖忝五轉南宮頻司理因曠職曲臺仍禮神愧非夔龍姿忽佐堯舜君内惟負且乘徒以弱似仁豈足議大政所憂玷彝倫叔父貞素履含章窮典墳百氏

若珠貫九流皆翬分黃鍾藴聲調白玉那緇磷清論坐
虛室長謡宜幅巾開闢接人祠支禜無俗賓種杏當暑
熱烹茶含露新井徑交碧鮮軒窗棲白雲飛沉禽魚樂
芬馥蘭桂薰經術宏義訓息男茂嘉聞箕仕就色養晏
居忘食貧四方有翅車上國有蒲輪行當反招隱豈得
常退身秦吳路杳杳朔海望沄沄侍坐馳夢寐結懷積
昏昕發函捧新詩慈誨情殷勤省躬日三復拜首書諸
紳

酬李二十二兄主簿馬跡山見寄并序

族内兄暢純静而深直方而文與予同宦遊丹陽丹陽郭北四十里所有馬跡山山有竒峰怪石且多惜賢真仙之所游踐方外士殷渙然通易經老莊之㫖居於山下從舅原均探異好古亦徃來棲息其間貞元元年兄以典校秘書調補江陵松滋主簿以地逺不就職予以環衛冗秩罷漕輓從事且久家居食貧里巷相接其明年兄命駕遊此山予以疾故不克偕

往既而猥辱鍾陵檄召兄自山中以詩一首見貽理精詞達清滌心府三復其文如至山下終篇則戲以出處之跡見誚故予復之於此章仍加六十字以就全數

杳杳塵外想悠悠區中緣如何戰未勝曾是教所牽遠郊有靈峰夙夕棲真僊鸞去聲已久馬跡空依然丹崖轉初旭碧落凝秋烟松風共蕭灑蘿月想嬋娟内兄蘊遐心嘉遯性所便不能棲枳棘且復探雲泉中有冥寂

人閒讀逍遥篇聯袂共交榮摳衣嘗絶編徐行石上苔靜韻風中絃烟霞濕儒服日月生寥天新詩來起予璀璨六義全能盡含寫意轉令山水鮮若聞笙鶴聲宛在耳目前登攀阻心賞愁絶空懷賢出處豈異途心冥即真筌暫從西府檄終卧東菑田不嫌予步蹇但恐君行邅如能固曠懷谷口期窮年

酬陸四十楚源春夜宿虎丘山對月寄梁四敬之無見貽之作

東風變薊薄時景日妍和更想千峰夜浩然幽意多蕙
香襲閒趾松露泫喬柯潭影漾霞月石床對薜蘿夫君
非歲時已負青冥姿龍虎一門盛淵雲四海推駸駸步
騕褭婉婉翥長離元圃盡瓊樹家林輕桂枝聲榮徒外
獎恬淡方自適逸氣凌顥清仁祠訪金碧芊眠瑤草秀
斷續雲竇滴芳訊發幽緘新詩比良覿故人石渠署美
價滿中朝落落杉松直芬芬蘭杜飄雄詞鼓溟海曠度
豁烟霄營道幸同術論心皆後凋循環伐木詠緬邈招

隱情慚兹擁腫才愛彼潺湲清抅牽尚多故夢想何由
幷終結方外期不待華髪生

酬穆七侍郎早登使院西樓感懷

耿耿宵欲半振衣庭戸前浩歌撫長劒臨風泛清絃晴
霜麗寒蕪微月露碧鮮杉梧韻幽籟河漢明秋天良夜
雖可翫沉憂逾浩然樓中遲啟明林際揮宿烟晨風響
鐘鼓曙色映山川滔滔天將馳杲杲朝日懸困窮西南
永得見天地全動植相糺紛車從競喧闐鱣鮪躍洪流

麕麚倚荒阡唈唈白雲雁嚶嚶清露蟬一氣鼓萬殊晦明相推遷羲和無停鞅不得常少年當令志氣神及此鬢髮元豈惟十六族今古稱其賢夫君才氣雄振藻何翩翩詩輕沉隱侯賦擬王仲宣小鳥搶榆枋大鵬激三千與君期晚歲方結林棲緣

奉和李大夫題鄭評事江樓

達士無外累隱几依南郭茅棟上江開布帆當砌落支頤散華髮欹枕曝靈藥入鳥不亂行觀魚還自樂何時

金馬詔早歲建安作往事盡荃蹄虛懷寄杯杓邦君駐千騎清論時間酌憑檻出煙埃振衣向寥廓心源齊彼是人境勝巖壑何必棲冥冥然為避矰繳

春遊茅山酬杜評事見寄

喜得賞心處春山豈計程連溪芳草合半嶺白雲晴絕澗漱氷碧仙壇挹顥清懷君在人境不共此時情

和韓侍御白髮

白髮今朝見虛齊曉鏡清乍分霜簡色微映鐵冠生暮

下多能事周行挹令名流年未可歎正遇泰階平

和邵端公醉後寄於諫議之作

莫羡簪前柳春風獨早歸陽和次第發桃李更芳菲

和李大夫西山祈雨感張曲江故事十韻

亞相冠貂蟬分憂統十聯火星當永日雲漢倬炎天齋禱期靈貺精誠契昔賢中宵出騶馭清夜旅牲牷觸石看初起隨車應物先雷音生絶巘雨足晦平阡瀟灑四冥合空濛萬頃連歌謡喧澤國稼穡遍原田故事三台

盛斯文六義全作霖應自此天下待豐年

同陸太祝鴻漸崔法曹載華見蕭侍御留後説得衛撫州報推事使張侍御卻迴前刺史戴員外無事喜而有作三首

專城書素至留臺忽報張綱攬轡迴共看昨日蠅飛處併是今朝鵲喜來

鶴髪州民擁使車人人自説受恩初如今天下無寃氣乞為邦君雪謗書

衆人哺啜喜君醒渭水由來不雜涇遮莫雪霜撩亂下
松枝竹葉自青青

答韋秀才寄一首

中峯雲暗雨霏霏水漲花塘未得歸心憶瓊枝望不見
幾迴虛濕薜蘿衣

戶部王曹長楊考功崔刑部二院長並同鍾陵使
府之舊因以寄贈又陪郎署喜甚常僚因書所
懷且叙所知

忽驚西江侶共作南宫郎宿昔芝蘭室令兹鴛鷺行子猷美風味左户推公器含毫白雪飛出匣青蓱利子雲嘗燕居作賦似相如閒成考課奏别貢賢良書子玉諒貞實持刑慎丹筆秋天鴻鵠姿晚歲松筠質伊予誠薄才何幸復趨陪偶來塵右掖空此憶中臺時節東流駛悲歡追往事待月登庾樓排雲上蕭寺盍簪蓮府讌落帽龍沙醉極浦送風帆靈山眺烟翠解頤通善謔喻指窮精義搦管或飛章分曹時寀吏雨散與蓬飄秦吴兩

寂寥方期全擁腫豈望躡扶搖夜直分三署晨趨共九
霄外庭時接武廣陌更連鑣北極星辰拱南薰氣序調
欣隨衆君子並立聖明朝
貢院對雪以絶句代八行奉寄崔閣老
寓宿春闈歳欲除嚴風密雪絶雙魚思君獨步西垣裏
日日含香草詔書
初秋月夜中書宿直因呈楊閣老
欹枕直廬暇風蟬迎早秋沉沉玉堂夕皎皎金波流對

掌喜新命分曹諧舊遊相思翫華彩因感庾公樓

唐開州文編遠寄新賦累惠良藥詠嘆仰佩不覺

斐然走筆代書聊書還答

風雨辣庭柯端憂坐空堂多病時節換所思道里長故

人朱兩轓出自尚書郎下車今幾時理行遠芬芳瓊瑤

覽良訊芣苢滿素囊結根在貴州蠲疾傳古方探擷當

五月慇懃逾八行深情婉如此善祝何可忘復有金玉

音煥如龍鳳章一聞靈洞説若覩羣仙翔三清飛慶霄

百汰成雄鋩體物信無對洒心顧相將昔年同旅食終日窺文房春風眺蕪城秋水渡柳楊君為太史氏弱質羈楚鄉今來忝司諫千騎遥相望歸雲夕鱗鱗圓魄夜蒼蒼遠思結鈴閣何人交羽觴佇見徵潁川無為濤淮陽政成看再入列侍爐煙傍

待漏假寐夢歸江東舊居

十年江浦臥郊園閒夜分明結夢魂舍下烟蘿通古寺湖中雲雨到前軒南宗長老知心法東郭先生識化源

覺後忽聞清漏曉又隨簪佩入君門

祇命赴京途次淮口因書所懷

弱植素寡偶移時非所任感恩再登龍求友皆斷金彪炳睹奇彩凄鏘聞雅音適欣佳期接遽歎離思侵靡靡遵遠道忡忡勞寸心難成獨酌謠空奏伐木吟沉寥清冬時蕭索白晝陰交歡諒如昨滯念紛在今因風試矯翼倦飛會歸林向晚清淮駛迴首楚雲深

省中春晚忽憶江南舊居戲書所懷因寄兩浙親

故雜言

前年冠獬豸戎府隨兵介去年簪進賢贊導法宮前今茲戴武弁謬列金門彥問我何所能頭冠忽三變野性慣疎閒晨趨興暮還花時限清禁霽後愛南山晚景支頤對樽酒舊遊憶在江湖久庾樓柳寺共開襟楓岸烟塘幾攜手結廬常占練湖春猶寄藜床與幅巾疲羸只欲思三徑戇直那堪備七人更想東南多竹箭縣圃琅玕共蔥蒨裁書且附雙鯉魚偏恨相思未相見

寄李衡州時所居即衡州宅

片石叢花畫不如庇身三逕豈吾廬主人千騎東方遠惟望衡陽雁足書

寄臨海崔稺璋

美酒步兵厨古人嘗宦遊赤城臨海嶠君子今督郵吏隱豐暇日琴壺共冥搜新詩寒玉韻曠思孤雲秋志士誠勇退鄙夫自包羞終當就知己莫戀潺湲流

李韶州著書常論釋氏之理貴州有能公遺跡詩

以問之

常日區中暇時聞象外言曹溪有宗旨一爲勘心源

馬上贈虛公

馬足旱塵深飄纓又滿襟吾師有甘露爲洗此時心

郴州換印緘遣之際率成三韻因寄李二兄員外

使君

緘題桂陽印持寄朗陵兄刺舉官猶屈風謡政已成行

看換龜組奏最謁承明

早發杭州泛富春江寄陸三十一公佐

候曉起徒馭春江多好風白波連青雲蕩漾晨光中四望浩無際沉憂將此同未離奔走途但恐成悲翁俯見觸餌鱗仰目凌霄鴻纓壓日已厚心累何時空區區此人世所向皆樊籠唯應杯中物醒醉為窮通故人縣圃姿瓊樹紛青葱終當此山去共結蘭桂藂

寄侍御從舅初免職歸山東

靡靡南軒蕙迎風轉芳滋落落幽澗松百尺無附枝世

物自多故達人心不羈偶陳幕中畫未負林間期感恩從慰薦循性難縶維野鶴無俗質孤雲多異姿清泠松霜液照灼巖花遲終當稅塵駕來就東山嬉

湖上晚眺呈惠上人

湖上煙景好鳥飛雲自還幸因居止近日覺性情閒獨酌乍臨水清機常見山此時何所憶淨侶話元關

新秋月夜寄故人

客心宜靜夜月色澹新秋影落三湘水詩傳八詠樓何

窮對酒望幾處捲簾愁若問相思意隨君萬里遊

自揚子歸丹陽初遂閒居聊呈惠公

移疾喜無事卷簾松竹寒稍知名是累日與靜相歡蹇淺逢機少迂疎應物難只思閒夜月共向沃州看

月夜過靈徹上人房因贈

此身會逐白雲去未洗塵纓還自傷今夜幸逢清淨境滿庭秋月對支郎

戲贈張練師

月帔飄颻摘杏花相邀洞口勸流霞半酣乍奏雲和曲
疑是龜山阿母家

戲贈天竺靈隱二寺寺主

石路泉流兩寺分尋常鐘磬隔山聞山僧半在中峰住
共占青巒與白雲

贈廣通上人

身隨猿鳥在深山早有詩名到世間客至上方留盥漱
龍泓洞水晝潺潺

贈老將

白草黄雲塞上秋曾隨驃騎出并州轆轤劒折虬鬚白轉戰功多獨不侯

權文公集卷四

唐 權德輿 撰

詩

奉送韋起居老舅百日假滿歸嵩陽舊居

威鳳翔紫氣孤雲出寥天奇彩與幽姿縹緲皆自然嘗聞陶唐氏亦有巢由全以茲聳風俗豈必効爵羣大君遂羣方左史蹈前賢振衣去朝市賜告歸林泉滑和固

難久循性得所便有名皆畏途無事乃真筌舊壑窮杳
窱新潭漾淪漣岩花落又開山月缺復圓輕策逗蘿逕
幅巾凌翠烟機閒魚鳥狎體和芝朮鮮四皓本違難二
疏猶待年況今寰海清復此鬢髮元顧慙纓上塵未絶
區中緣齊竽終自退心寄嵩峰巔

奉送孔十兄賓客承恩致政歸東都舊居

達人曠跡通出處每憶安居舊山去乞身已見抗疏頻
優禮新聞詔書許家法遥傳闕里訓心源早遂嵩丘侶

南史編年著盛名東朝侍講常虛佇角巾華髮忽自遂
命服金龜君更與白雲出岫蹔逶迤鴻鵠入冥無處所
歸路依依童稚樂都門靄靄壺觴舉能將此道助皇風
自可殊途並伊呂

送密秀才吏部駮放後歸蜀應崔大理序

蜀國本多士雄文似相如之子西南秀名在賢能書薄
祿且未及故山念歸與迢迢三千里返駕一羸車玉壘
長路盡錦江春物餘此行無愠色知爾戀林廬

送袁中丞持節册南詔五韻 得淨字

西南使星去遠徹通朝聘烟雨僰道深麾幢漢儀盛途
輕五尺險水愛雙流淨上國洽恩波外臣遵禮命離堂
駐騶馭且盡罇中聖

人日送房二十六侍御歸越

驛騎歸時驄馬蹄蓮花府映若耶溪帝城人日風光早
不惜離堂醉似泥

送張閣老中丞持節册弔回鶻

旌旆翩翩擁漢官君行常得遠人歡分職南臺知禮重
緘書東觀見才難金章玉節鳴騶遠白草黄雲出塞寒
欲散别愁唯有醉暫煩賓從駐征鞍

送二十叔赴任餘杭尉得琴字

拜首直城陰罇開意不任梅仙歸劇縣阮巷奏離琴春
草吳門緑秋濤浙水深十年曾旅寓應愜宦遊心

奉送十四叔赴任渝州録事絶句得中字

隨牒忽離南北巷解巾都吏有清風巴城鏁印六聯静

盡日閒謠廨署中

送韋十二丈赴襄城令三韻得柳字

留連出關騎斟酌臨岐酒舊業傳一經新官栽五柳去去望行塵青門重迴首

送薛十九丈授將作主簿分司東都賦得春草

芊芊遠郊外杳杳春嵒曲愁處映微波望中連靜緑日暮藉離觴折芳心斷續

送正字十九兄歸江東醉後絶句

命駕相思不爲名春風歸騎出關程離堂莫起臨岐難
文舉終當薦禰衡

送張詹事致政歸嵩山舊隱得青字

解龜辭漢庭卻憶少微星直指常持憲平反更恤刑閒
思紫芝侶歸臥白雲扃明詔優筋力安車適性靈羣公
來靄靄獨鶴去冥冥想到揮金處嵩山枕上青

送許著作分司東都

月旦繼平輿風流仕石渠分曹向瀍洛守職正圖書棣

蔦縈相映瓊枝色不如賓朋爭漉酒徒御侍巾車異日始離抱維思烹鯉魚

送少清赴潤州条軍因思練舊居得相字

二紀樂簞瓢烟霞暮與朝因君宦遊去記得春江潮遠別更搔首初官方折腰青門望離袂魂為阿連銷

送濬上人歸揚州禪智寺

蠹露宗通法已傳麻衣筇杖去悠然揚州後學應相待遥想旛花古寺前

獻歲送李十兄赴黔中酒後絶句

一樽歲酒且留歡，三峽黔江去路難。志士感恩無遠近，異時應戴惠文冠。

送張僕射朝見畢歸鎮

青光照目青門曙，玉勒雕戈擁騶馭。東方連帥南湯公，文武吉甫如古風。獨奉新恩來謁帝，感深更見新詩麗。共看三接欲爲霖，卻念同城同望歲。雙旌去去戀儲胥，歸路鶯花伴隼旟。今日漢庭求上略，留侯自有一編書。

送韋行軍員外赴河陽

五代武弁侍明光輟佐中權拜外郎記事還同楚倚相傳經遠自漢扶陽離堂處處羅簪組東望河橋壯鼙鼓三城曉角啟軒門一縣繁花照蓮府上略儒風並者稀翩翩驄騎有光輝只令右職多虛位應待他時伏奏歸

送韋中丞奉使新羅 得往字

淳化洽聲名殊方均惠養計書重譯至錫命雙旌往星辭北極遠水泛東溟廣斗柄辯霄程天琛宜晝賞孤光

洲島迴淨緑烟霞敞展禮盛賓徒交歡覲君長經途勞
視聽愴别縈夢想延頸旬歲期新恩在歸鞅

送從翁赴任長子縣令

家風本鉅儒吏職化雙鳧啟事才方愜臨人政自殊地
雄韓上黨秩比魯中都拜首春郊夕離盃莫向隅

送從弟廣東歸絶句

夏雲如火鑠晨輝款段羸車整素衣知爾業成還出谷
今朝莫愴斷行飛

送王練師赴王屋洞

稔歲在芝田歸程入洞天白雲辭上國青鳥會羣仙自以碁銷日寧資藥駐年相看話離合風馭忽泠然

送薛溫州得鷩字

昨日饋連營今來刺列城方期建禮直忽訪永嘉程郡內裁詩暇樓中遲客情憑君減千騎莫遣海鷗驚

送黔中裴中丞閣老赴任得迴字

五諫留中禁雙旌輟上才內臣持鳳詔天廏錫龍媒宴

語睽蘭室輝榮亞柏臺懷黄宜命服舉白歎離杯景霽山川迴風清霧露開辰溪分浩淼棘道接縈迴勝理環中得殊琛徼外來行看旬歲詔傳慶在公台

送崔諭德致政東歸

天子坐法宫詔書下江東懿此嘉遯士蒲車赴丘中褐衣入承明朴略多古風直道侍太子昌言沃宸聰嵩居四十年心與鷗鳥同一朝受恩澤自説如池龍乞骸歸故山累疏明深衷大君不奪志命錫忽以崇旭旦出國

門輕裘若秋蓬家依白雲嶠手植丹桂叢竹齋引寒泉霞月相玲瓏曠然解赤紱去逐冥冥鴻

送三十叔赴任晉陵 得心字德輿舊居在丹陽去晉陵百里

春雲結暮陰侍坐捧離襟黃綬輕裝去青門芳草深十年塵右職三逕寄遐心便道停橈處應過舊竹林

送安南裴都護

忽佩交州印初辭列宿文莫言方任遠且貴主憂分迴轉朱鳶路連飛翠羽羣戈船航漲海旌斾卷炎雲絕徼

褰帷識名香夾轂焚懷淶通北户長養洽南薰暫歎同心阻行看異績聞歸時無所欲薏苡或煩君

送别院汎

念爾强學殖非貫早從師温温稟義方慥慥習書詩計偕來上國宴喜方怡怡經術既修明藝文亦葳蕤伊予諒無取瑣質荷洪慈偶來二儀曹量力何可支廢業固相受避嫌誠自私徇吾刺促心婉爾康莊姿古人貴直道内訟乖坦夷用兹處大官無乃玷清時羸車出門去

悵望交涕洟琢磨貴分陰歲月若飈馳千里起足下豐年繫鎡錤苟令志氣堅佇見纓珮隨斑斕五綵服前路春物熙舊遊憶江南環堵留蓬茨湖水白於練蓴羹細若絲別來十三年夢寐時見之寵榮忽踰量荏苒不自知晨興愧華簪止足為靈龜遐路各自愛大來行可期青冥在目前努力調羽儀

送工部張曹長大夫奉使西蕃

殊隣覆露同奉使小司空西侯東徒出南臺節印雄弔

祠將渥命導驛暢皇風故地山河在新恩玉帛通塞雲

凝廢壘關月照驚蓬青史書歸日飜輕五利功

九華觀宴餞崔十七叔判官赴義武幕兼呈書記

蕭校書

炎光三伏晝洞府宜幽步宿雨潤芝田鮮風搖桂樹陰

陰臺殿敞靡靡軒車駐晚酌臨水情晨裝出關路偏榮

本郡辟倍感元臣遇記室有門人因君達書素

送文暢上人東遊

桑門許辯才外學接宗雷護法麻衣淨翻經貝葉開宗
通知不染妄想自堪哀或結西方社師遊早晚迴

送靈武范司空

上略在安邊吳鈎結束鮮三公臨右地七萃擁中堅舊
壘銷烽火新營辯井泉代謀師以律賈勇士爭先塞迥
晴看月沙平遠際天榮薰知屈指翹首為陶然

送商州杜中丞赴任

安康地里接商於帝命專城揔賦輿夕拜忽辭青瑣闥

晨裝獨捧紫泥書深山古驛八騶騎芳草閒雲逐隼旟

綺皓清風千古在因君一為謝巖居

送殷卿罷舉歸淮南舊居

計偕十上竟無成忽憶巖居便獨行志業嘗探絶編義

風塵虛作弃繻生歲儲應歎山田薄里社時逢野醞清

惆悵中年羣從少相看欲别倍關情

權文公集卷四

權文公集卷五

唐 權德輿 撰

詩

送杜尹赴東都

商於留異績河洛賀新遷朝選吴公守時權杜尹賢如綸披鳳詔出匣淬龍泉風雨交中土簪裾敬别筵清明人比玉照灼府如蓮佇報司州政徵黄似頴川

送孔江州

九派尋陽郡分明似畫圖秋光連瀑布晴翠辯香鑪才子厭蘭省邦君榮竹符江城多暇日能寄八行無

送渾鄧州

年少守南陽新恩印綬光輕軒出繞霤利刃發干將風勁初下葉雲寒方護霜想君行縣處露冕菊潭香

埇橋達奚四於十九陳大三侍御夜宴敘各賦二韻

滿樹鐵冠瓊樹枝樽前燭下心相知明朝又與白雲遠
自古河梁多别離

酬别蔡十二見贈

伊人茂天爵恬澹卧郊園傲世方隱几説經久顏門浩歌曳柴車詎羨丹轂尊嚴霜被鶉衣不知孤白温游心羲文際愛我相討論潢汙忽朝宗傳騎令載奔崢嶸歲陰晚愀愴離念繫别館緣桐清寒郊烟雨昏中飲見逸氣縱談窮化元佇見公車起聖代時乞言

揚州與丁山人別

將軍易道令威仙華髮清談得此賢惆悵今朝廣陵別
遼東後會復何年

送台州崔録事

不嫌臨海遠微禄代躬耕古郡紀綱職扁舟山水程詩
因琪樹麗心與瀑泉清盛府知音在何時薦政成

送信安劉少府 自常州參軍選授

相看結離念盡此林中淥夷代輕遠遊上才隨薄禄參

鄉滯孫楚隱市同梅福吏散時泛弦賓來閒覆局襟情無俗慮談笑成逸躅此路足灘聲羨君多水宿

送李城門罷官歸嵩陽城門院在遺補院東

與君相識處吏隱在牆東啟閉千門靜逢迎兩掖通罷官多暇日肆業有儒風歸去塵寰外春山桂樹叢

送上虞丞

越郡佳山水菁江接上虞計程航一葦試吏佐雙鳧雲壑窺仙籍風謠驗地圖因循黃絹字為我弔曹盱

送盧評事婺州省覲

知向東陽去晨裝見綵衣客愁青眼别家喜玉人歸漠漠水烟晚蕭蕭楓葉飛雙溪泊船處候吏拜胡威

送崔端公郎君入京覲省

已見風姿美仍聞藝業勤清秋上國路白晳少年人帶月輕帆疾迎霜綵服新過庭若有問一為説漳濵

送張二秀才謁宣州薛侍郎

儒衣兩少年春棹縠溪船湖月供詩興嵐風費酒錢上

帆涵浦岍欹枕傲晴天不用愁羇旅宣城太守賢

送張將軍歸東都舊業

功名不復求舊業向東周白草辭邊騎青門别故侯摧殘寶劒折羸病緑珠愁日暮寒風起猶疑大漠秋

送句容王少府簿領赴上都

上國路綿綿行人候曉天離亭緑綺奏鄉樹白雲連江露濕征袂山鷗宜泊船春風若爲别相顧起樽前

送從弟謁員外叔父迴歸義興

異鄉兄弟少見爾自依然來酌林中酒去耕湖上田何朝逢暑雨幾夜泊漁煙餘力當勤學成名貴少年

送梁道士謁壽州崔大夫

年少一僊官清羸駕綵鸞洞宫雲澀澀花路水漫漫歲計芝田熟晨裝月帔寒遥知小山桂五馬待邀歡

送鄭秀才貢舉

西上意如何知隨貢舉科吟詩向月露驅馬出烟蘿晚色平蕪遠秋聲候雁多自憐歸未得相送一勞歌

送謝孝廉移家越州

家承晉大傅身慕魯諸生又見一帆去共愁千里程沙平古樹迴潮滿曉江晴從此幽深去無妨隱姓名

送韓孝廉侍從赴舉

貢士去翩翩知君最少年綵衣行不廢儒服代相傳曉月經淮路繁陰過楚天清談遇知己應訪孝廉船

送陸拾遺祇召赴行在

鵷鷺承新命翩飛入漢庭歌詩能合雅獻納每論經月

曉蜀江迴猿啼楚樹青幸同焚草暇書札訪沉冥

送映師歸本寺

還歸柳寺去遠遠出人羣苔甃桐華落山窓桂樹薫引泉通絶澗放鶴入孤雲幸許宗雷到清談不易聞

送宇文文府赴官

送君當歲暮斗酒破離顔車騎擁寒水雪雲凝遠山且安黄綬屈莫羡白鷗閒從此圖南路青雲步武間

送岳州温録事赴任

解巾州主簿捧檄不辭遥獨鶴九霄翼寒松百尺條晨
裝沾雨雪旅宿候風潮為政閒無事清談肅郡僚

送山人歸舊隱

工為楚辭賦更著魯衣冠歲儉山田薄秋深晨服寒代
人榮鶯領志士戀漁竿會被公車薦知君久晦難

惠上人房晏别

方袍相引到龍花支策開襟路不賒法味已同香積會
禮容疑在少施家逸民羽客期皆至疎竹青苔景半斜

究竟相依何處好匡山古社足煙霞

送裴秀才貢舉

儒衣風貌清去抵漢公卿賓貢年猶少篇章藝已成臨流惜暮景話別起鄉情離酌不辭醉西江春草生

送袁太祝衢婺巡霞山同用字

校緡稅畝不妨閒清興自隨魚鳥閒知君此去足佳句路出桐溪千萬山

送湖南李侍御赴本使賦採菱亭詩

舊俗採菱處津亭風景和沅江收暮靄楚女發清歌曲岸縈緗葉荒階上白波蘭橈向蓮府一爲枉帆過

送穆侍御歸東都

知君儒服貴綵繡兩相輝婉婉成名後翩翩擁傳歸江深煙嶼没山暗雨雲飛共待酬恩罷相將去息機

送崔端公赴度支江陵院三韻得照字

津亭風雪霽斗酒留征棹星傳指湘江瑶琴多楚調偏愁欲别處黯黯頹陽照

送陸太祝赴湖南幕同用送字

不憚征路遥定緣賓禮重新知折柳贈舊侶乘籃送此去佳句多楓江接雲夢

送李處士歸弋陽山居限姓名中用韻

整來城市意何如卻憶葛陽溪上居不憚薄田輸井稅自將嘉句著州閭波飜極浦檣竿出霜落秋郊樹影踈想到家山無俗侶逢迎只是坐籃輿

送清溪上人謁信州陸員外

暫辭長老去隨緣候曉輕裝寄客船佳句已齊康寶月
清談遠指謝臨川灘經水瀨逢新雪路過漁潭宿暝煙
暇日若隨千騎出南巖只在郡樓前

送別同用潤字

耿耿離念繫蕭蕭涼葉脫緇塵素衣敝風露秋江潤想
得讀書窓巖花對巾褐

送人使之江陵得賞字

嘉招不辭遠捧檄利攸往行役念前程讌游睽舊賞征

軺星乍動江信潮應上煙水飛一帆霜風搖五兩紛紛別袂舉切切離鴻想後會杳何時悠然勞夢想

餘干贈別張二十二侍御

蕪城陌上春風別干越亭邊歲暮逢驅車又愴南北路返照寒江千萬峰

雜言賦得風送崔秀才歸白田限三五六七言得暄字

嚮深澗思啼猿闇入蘋洲暖輕隨柳陌暄澹蕩乍飄雲

影芳菲遍發花源寂寞春江别君處和煙帶雨送征軒

雜言同用離騷體送張評事襄陽覲省

黯離堂兮日晚儼壺觴兮送遠遠水霽兮微明杜蘅秀兮白芷生波泫泫兮烟羃羃凝暮色兮空碧紛離念兮隨君泝九江兮經七澤君之去兮不可留五采裳兮木蘭舟

嶺上逢久别者又别

十年曾一别征路此相逢馬首向何處夕陽千萬峰

贈别表兄韋卿

新讀兵書事護羌腰間寶劒映金章少年百戰應輕别莫笑儒生淚數行

古離别

人生天地間瞥若六轡馳夭壽既常數柰何生别離跡當中人域正性日已衰是非千萬境沓靄情塵滋出門事何常暫别亦難期冉冉歎流景悠悠限山陂盡此一夕歡華罇會前墀雞鳴東方曙夙駕臨通逵欲出强移

步欲留難致辭兩情不得已念此留何為天明去已遠
寂默居人歸入門復上堂怳怳生驚疑經履同遊處猶
言常相隨覽物或臨盤輒怪來何遲乃知前日歡本為
今日悲持此別後心寧及未見時則知交疎分久久輒
易持報君未別後別後當自知

權文公集卷五

欽定四庫全書

權文公集卷六

唐 權德輿 撰

詩

早夏青龍寺致齋憑眺感物因書十四韻（寺壁有舅氏庶子詩）

曉出文昌宮憩茲青蓮宇潔齋奉明祀憑覽傷夐古秦爲三月火漢乃一坏土詐力自湮淪霸業終莽鹵中南

橫峻極積翠浅雲雨首夏諒清和芳隂接場圃仁祠閟
嚴淨稽首洗靈府虛室僧正禪危梁鶯初乳通莊走聲
利結駟乃旁午觀化復何如刳心信為愈盛時忽過量
弱質本無取靜永環中樞益愧腰下組塵勞期抖擻陟
降聊俯僂遺韻留壁間凄然感東武

仲秋朝拜昭陵

清秋壽原上詔拜承吉卜嘗讀貞觀書及茲幸齋沐文
皇昔潛耀隋季自顛覆撫運斯順人救焚非逐鹿神祇

戴元聖君父納大麓良將授兵符直臣調鼎餗無疆傳
慶祚有截荷亭育仙馭凌紫氛神遊弃黄屋方祇護山
跡先正陪巖腹杳杳九峻深沉沉萬靈肅鳥飛田已闢
龍去雲猶簇金氣爽林巒乾岡走崖谷吾皇宏孝理率
土蒙景福擁佑乃清夷威靈諒回復禮承三公重心愧
二卿禄展敬何所伸曾㠯斧山木

拜昭陵出城與張秘監閣老同里臨行别承在史
館未歸尋辱清辭輙酬之

仲月當南吕晨裝拜轂林逢君在東觀不得話離襟策馬縁雲路開緘扣玉音還期纔浹日里社酒同斟

酬馮監拜昭陵迴途中遇雨見示

之子共乘軺清秋拜上霄寢門有上霄宫曙霞迎凤駕零雨濕迴鑣甘谷行初盡軒臺去漸遙望中猶可辨耘鳥下山椒

朔旦冬至攝職南郊因書即事

大明南至慶天正朔旦圓丘樂六成文軌盡同堯歷象齋祠忝稱漢公卿星辰列位祥光滿金石交音曉奏清

更有觀臺稱賀處黄雲捧日瑞昇平

奉和張監閣老過八陵院題贈杜卿崔員外

崇飾山園孝理深萬方同感聖人心已聞東閣招從事每向西垣奉德音公府從容談婉婉賓階清切景沉沉與君跬步如同舍終日相期此盍簪

奉和鄭賓客相公攝官豐陵扈從之作 時充鹵簿使

五輅導靈輼千夫象繚垣行宫移曉漏紼仗下秋原莫究希夷理空懷渙汗恩顛神方蹈道傳聖乃稱尊共祝

如山壽俄驚凴几言遐荒七月會肸蠁百靈奔豹尾從風直鸞旗映日䨓塗㓜聯法從營騎肅旌門杳靄虞泉夕淒清楚挽喧不堪程盡處嗚咽望文園

詹事府宿齋絶句

清齋四體泰白晝一室空摧頹有古樹騷屑多悲風

和王祭酒太社宿齋不得赴李尚書宅會戲書見寄

元禮門前勞引望勾龍壇下阻懽娱此時對局空相憶

博進何人更樂輸

酬裴端公八月十五日夜對月見懷

涼夜清秋半空庭皓月圓動揺隨積水皎潔滿晴天多病嘉期阻深情麗曲傳偏懷賞心處同望庾樓前

奉和崔閣老清明日候許閣老交直之際辱裴閣老書招云與考功苗曹長先城南遊覽獨行口號因以簡贈時德與以疾故有阻追遊

紫禁宿初迴清明花亂開相招直城外遠遠上春臺譲

曹將列宿幾處期子玉深竹與清泉家家桃李鮮折芳行載酒勝賞隨君有愁疾自無悰臨風一搔首

和張秘監閣老獻歲過蔣大拾遺因呈兩省諸公并見示

二賢同載筆久次入新年焚草淹輕秩藏書厭舊編竹風晴翠動松雪瑞光鮮慶賜行春令從茲佇九遷

酬崔舍人閣老冬至日宿直省中奉簡兩掖閣老并見示

令節一陽新西垣宿近臣曉光連鳳沼殘漏近雞人白雪飛成曲黄鍾律應均層霄翔迅羽廣陌駐歸輪清切晨趍貴恩華夜直頻輟才時所重九月中楊閣老權知吏部選事分命秩皆真十月中崔閣老正拜本官德輿正除禮部受命前一日分草詔詞左掖期連茹南宫愧積薪九年叨此地迴首倍相親

八月十五日夜瑤臺寺對月絶句

嬴女乘鸞已上天仁祠空在鼎湖邊涼風遙夜清秋半一望金波照粉田仁祠寺也見後漢書楚王英傳

夏至日作

璿樞無停運四序相錯行寄言赫曦景今日一陰生

二月二十七日社兼春分端居有懷簡所思者

清晝開簾坐風光處處生看花詩思發對酒客愁輕社日雙飛燕春分百囀鶯所思終不見還是一含情

甲子歲元日呈鄭侍御明府

萬里煙塵合秦吳遂眇然無人來上國灑淚向新年世故看風葉生涯寄海田屠蘇聊一醉猶賴主人賢

七夕

佳期人不見天上喜新秋玉珮霑清露香車渡淺流東西一水隔迢遞兩年愁別有穿針處微明月映樓

嘉興九月寄丹陽親故

窮年路岐客西望思茫茫積水曾南渡浮雲失舊鄉海邊尋別墅愁裡見重陽草露荷衣冷山風菊酒香獨謠看墜葉遠日遍秋光更羨登攀處煙花滿練塘

九日北樓宴集

蕭颯秋風樓上聞霜風漠漠起陰雲不見攜觴王太守空思落帽孟叅軍風吟蟋蟀寒偏急酒泛茱萸晚易醺心憶舊山何日見併將愁淚共紛紛

奉陪李大夫九日龍沙宴會得遲字

龍沙重九會千騎駐旌旗水木秋光淨絲桐雅奏遲煙蕪歛暝色霜菊發寒姿今日從公醉全勝落帽時

臘日龍沙會絶句

簾外寒江千里色林中樽酒七人期寧知臘日龍沙會

卻勝重陽落帽時

嚴陵釣臺下作

絶頂聳蒼翠清湍石磷磷先生晦其中天子不得臣心靈棲顥氣纓冕猶緇塵不樂禁中卧卻歸江上春潛驅東漢風日使薄者醇焉用佐天子特此報故人人知大賢心不獨私其身弛張有深致耕釣陶天真奈何清風後擾擾論屈伸交情同市道利欲相紛綸我行訪遺臺仰古懷逸民矰繳鴻鵠遠雪霜松桂新江流去不窮

山色淩秋旻人世自今古清輝照無垠

曉發武陽館即事書情

清晨策羸車嘲哳聞村雞行將騎吏親日與情愛睽柬風變林樾南畝事耕犂青菰冒白水方塘接廣畦雜英被長坂野草蔓幽蹊舄鹵成沃壤枯株發柔荑芳樹鶯命雛深林麏引麑杳杳途未極團團日已西哲士務纓弁鄙夫戀蓬藜終當稅塵駕盥濯依春溪

豐城劒池驛感題

龍劒昔未發泥沙相晦藏向非張茂先孰辯斗牛光神物不自達聖賢亦彷徨我行豐城野慷慨心内傷

奉使宜春夜渡新塗江陵路至黄蘗館路上遇風雨作

草草理夜裝陟江又登陸望路殊未窮指期令已促傳呼戒徒御振轡轉林麓陰雲擁嵓端霆雨當山腹震雷如在耳飛電來照目獸迹不敢窺馬蹄唯務速虔心若齋禮濡體如沐浴萬竅相怒號百泉暗奔瀑危梁慮足

跌峻坂憂車覆問我何以然前日受微禄轉知人代事纓組乃羈束向若家居時安枕春夢熟遵途稍已近候吏來相續晚霽心始安林端見初旭

細柳驛

細柳肅軍令條侯信殊倫棘門乃兒戲從古多其人神武令不殺介夫如搢紳息駕幸兹地懷哉竦精神

渭水

吕叟年八十皤然持釣鈎意在静天下豈惟食營丘師

臣有家法小白猶尊周日暮駐征策愛玆清渭流

宮人斜絶句

一路斜分古驛前陰風切切晦秋煙鉛華新舊共寘寞日暮愁鴟飛野田

敷水驛

空見水名敷秦樓昔事無臨風駐征騎聊復捋髭鬚

朝元閣

繚垣複道上層霄十月離宮萬國朝北騎忽來清蹕去

空餘臺殿照山椒

石甕寺

石甕寒泉勝寳井汲人迴挂青絲綆厨煙半逐白雲飛

當晝老僧來灌頂

盤豆驛

盤豆綠雲上古郵望思臺下使人愁江充得計太子死

日暮戾園風雨秋

晚渡揚子江卻寄江南親故

返照滿寒流輕舟任揺漾支頤見千里煙景非一狀遠岫有無中片帆風水上天清去鳥滅浦迴寒沙漲樹晚疊秋嵐江空翻宿浪胃中千萬慮對此一清曠迴首碧雲深佳人不可望

新安江路

深潭與淺灘萬轉出新安人遠禽鳥淨山深水木寒嘯起青蘋末吟矚白雲端即事遂幽賞何心挂儒冠

月夜江行

扣船不得寐浩露清衣襟彌傷孤舟夜遠結萬里心幽
興惜瑤草表懷寄鳴琴三奏月初上寂寞寒江深

江城夜泊寄所思

客程殊未極艤棹泊迴塘水宿知寒早愁眠覺夜長遠
鐘和暗杵曙月照清霜此夕相思意揺揺不暫忘

陪包諫議湖墅路中舉帆同用山字

蕭蕭涼雨歇景物望中閒風際片帆去煙中獨鳥還斷
橋通遠浦野墅接秋山更喜陪清興樽前一解顏

富陽陸路

又入亂峰去遠程，殊未歸煙蘿迷客路，山菓落征衣。歌石臨清磵，晴雲出翠微，漁潭明夜泊，心憶謝元暉。

石塘路有懷院中諸公

迴合千峯裡，晴光似畫圖。征車隨反照，候吏映寒蕪。石瀨侵行逕，溪雲拂路隅。未酬知己分，寧敢學潛夫。

玉山嶺上作

悠悠驅匹馬，征路上連岡。晚翠深雲竇，寒苔淨石梁。荻

花偏似雪楓葉不禁霜愁見前程遠空郊下夕陽

舟行夜泊

蕭蕭落葉送殘秋寂寞寒波急暝流今夜不知何處泊斷猿晴月引孤舟

曉發桐廬

客路去漫漫桐溪上水難扣船乘曉月歌枕聽迴灘煙重江楓濕沙平宿鷺寒閒吟試一望疑在畫屏看

夜汎臨平湖有寄

素彩皓通津孤舟入清曠已愛隔簾看還宜捲簾望隔簾捲簾當此時惆悵思君君不知

次滕老莊

征途無旅館當晝喜逢君羸病仍留客朝朝掃白雲

曉

曉風摇五兩殘月映石壁稍稍曙光開片帆在空碧

晝

孤舟漾曖景獨鶴下秋空安流日正晝淨緑天無風

晚

古樹夕陽盡空江暮靄收寂寞扣船坐獨生千里愁

夜

猿聲到枕上愁夢紛難理寂寞深夜寒青露落秋水

宿嚴陵

身羈從事驅征傳江入新安泛暮濤今夜子陵灘下泊自慙相去九牛毛

權文公集卷六

欽定四庫全書

權文公集卷七

唐 權德輿 撰

詩

奉和韋諫議奉送水部家兄上後書情寄諸兄弟

仍通簡南宮親舊并呈兩省閣老院長

駟牧龍旂慶至今一門儒服輝華簪人望皆同照乘寶

家風不重滿籯金護衣直夜南宮靜焚草清時左掖深

何幸末班陪兩地陽春欲和意難任

奉和史館張閣老以許陳二閣長愛弟俱為尚書

郎伯仲同時列在南北省會於左掖因而有詠

伯仲盡時賢平輿與潁川桂枝嘗徧折棣蕚更相鮮丹

地晨趨並黄扉夕拜聯豈如分侍從來就鳳池邊主客水部

二員東西對行二閣老併在左掖時議以為分就西垣則具美相類故戲書末韻

韋賓客宅與諸博士宴集

累抗乞身章湛恩比上庠賓筵徵稷嗣家法自扶陽簪

組歡言久琴壺雅興長陰嵐冒苔石輕籟韻風篁佩玉

三朝貴揮金百慮忘因知卧商雒豈勝白雲鄉

酬張秘監閣老喜太常中書二閣老與德輿同日

遷官相代之作得秘書監亦同日拜命

珠樹共飛棲分封受紫泥正名推五字貴仕仰三珪繼

組心知忝德輿代太常爲禮部腰章事頗齊蓬山有佳句喜氣在

新題

國子柳博士兼領太常博士輒申賀贈

博士本秦官求才帖職難臨風曲臺淨對月璧池寒講學分陰重齋祠曉漏殘朝衣辨色處雙綬更宜看

過隱者湖上所居

蝸舍映平湖翛然一魯儒唯將酒作聖不厭谷名愚兵法窺黄石天官辨白榆行看軟輪起未可號潛夫

從叔將軍宅薔薇花開太府韋卿有題壁長句因以和作

環列從容蹀躞歸光風駘蕩發紅薇照蔦藏密葉宜新霽

蝶遶低枝愛晚暉艷色當軒迷舞袖繁花滿逕拂朝衣
名卿洞壑仍相近佳句新成和者稀

奉和許閣老霽後慈恩寺杏園看花同用花字口
號時德輿當直

杏花微雨霽灼灼滿瑤華左掖期先至中園景未斜含
毫歌白雪藉草醉流霞獨限金閨籍支頤啜茗花

奉和陳閣老寒食初假當直從東省往集賢因過
史館看木瓜花寄張蔣二閣老

晝漏沉沉倦瑣闈西垣東觀閱芳菲繁花滿樹似留客
應為主人休澣歸

晚秋陪崔閣老張秘監閣老苗考功同遊昊天觀
時楊閣老新直未滿以詩見寄斐然酬和有媿

蕪音

方駕遊何許仙源去勝歸縈迴留勝賞蕭洒出塵機泛
菊賢人主燒丹姹女飛步虛清曉籟隱几吸晨暉竹逕
琅玕合芝田沆瀣晞銀鉤三洞字瑤笥六銖衣麗句翻

紅藥佳期限紫微徒然一相望郢曲和應稀

春日同諸公過兵部王尚書林園

休沐君相近時容曳履過花間留客久臺上見春多松色明金艾鶯聲雜玉珂更逢新酒熟相與藉庭莎

與沈十九拾遺同遊棲霞寺上方夜於亮上人院會宿二首

攝山標勝絕暇日諧想矚縈紆松路深繚繞雲巖曲重樓迴樹杪古象鑿山腹人遠水木清地深蘭桂馥層臺

聳金碧絶頂摩淨緑下界誠可悲南朝紛在目焚香入古殿待月出深竹稍覺天籟清自傷人世促宗雷此相遇偃放從所欲清論松枝低閒吟茗花馥一生如土梗萬慮相桎梏永願事潛師窮年此棲宿

偶來人境外心賞幸隨君古殿煙霞夕深山松桂薰巖花點寒溜石磴掃春雲清淨諸天近諠塵下界分名僧康寶月上客沈休文共宿東林夜清猿徹曙聞

棲霞寺雲居室

一逕縈紆至此窮山僧盥漱白雲中閒吟定後更何事石上松枝常有風

天竺寺

香剎西天寺昔遊如夢中煙蘿迷俗駕猿狖應山童蕭颯松陰靜欹危石棧通雲霞棲半壁丹紺照晴空世累悲何己心期惜未同相看整歸棹花雨夕濛濛

題邵端公林亭

春光何處足柱史有林堂鶯囀風初暖花開日欲長畎

池通舊水掃逕閱新芳更置盈樽酒時時醉楚狂

題隱者所居

一逕茅茨下千峰麋鹿羣鴻妻同懶逸漁父每知聞日暮鳥擇木天陰山出雲此心終不動鼓腹向堯君

題崔山人草堂

竹逕茆堂接洞天閒持麈尾漱春泉世人車馬不知處時有歸雲到枕前

徐孺亭馬上口號

鍾陵東湖之南有亭亭中有二碑一則故曲江張公所製徐徵君碣一則北海李公所製放生池碑嚱夫二君子久隨化往而二文之盛傳於天下貞元初余為是邦從事每將迎郊勞多經是間且以其尚賢好生皆醇仁之首也因歎不得與二賢同時論文變損益亭址圮壞苔篆磷玞古風如在感舊依然而通道在側平湖在下波流轂擊日月無窮因於馬上口號絶句詩一首以寄愀愴

湖上荒亭臨水開龜文篆字積莓苔曲江北海今何處
盡逐東流去不迴

哭劉四尚書勒於碑陰

士有昔賢人天朝喪守臣才華推獨步聲氣幸相親理
析環中妙儒為席上珍笑言成月旦風韻挹天真丹地
膺推擇青油寄撫循豈言朝象魏翻是卧漳濱命賜龍
泉重追榮密印陳撤絃驚物故庀具見家貧牢落風悲
笛汍瀾涕泣巾只嗟蒿里月非復柳營春黄絹碑文在

青松隧路新音容無處所歸作北邙塵

張工部至薄寒山下有書無由馳報轉車之至倍
切悲懷

書來遠自薄寒山繚繞洮河出古關今日難裁秣陵報
薤歌寥落柳車還

工部發引日屬傷足臥疾不遂執紼

子春傷足日況有寢門哀元伯歸全去無由白馬來笳
簫里巷咽龜筮墓田開片石潺湲淚含悲叙史才

從事淮南府過亡友楊校書舊廳感念愀然

故人隨化往倐忽今六霜及我就拘限清風留此堂松竹逾映蔚芝蘭自銷亡絶絃罷流水聞笛同山陽顏如冰玉姿粲若鸞鳳章欲翥摧勁翮先秋落貞芳正平賦鸚䳇文考頌靈光二子古不弔夫君今何傷黄壚既杳杳元化亦茫茫豈必限宿草含悽灑衣裳

哭李晦羣崔季文二處士

華封西祝堯貴壽多男子二賢無主後貧賤大壯齒未

成鴻鵠姿遽頓騂騮趾子淵將叔度自古不得已

觀葬者

塗芻隨晝哭數里至松門貴盡人間禮寧知逝者魂笳簫出古陌烟雨閉寒原萬古皆如此傷心反不言

成南陽墓

枯荄沒古墓駮蘚蔽豐碑向晚微風起如聞坐嘯時

周平西墓

英威今寂寞陳跡對崇丘壯志清風在荒墳白日愁窮

泉郍復曉喬木不知秋歲歲寒塘側無人水自流

蘇小小墓

萬古荒墳在悠然我獨尋寂寥紅粉盡冥寞黄泉深蔓草映寒水空郊暧夕陰風流有佳句吟眺一傷心

題柳郎中茅山故居

下馬荒階日欲曛潺潺石溜静中聞鳥啼花落人聲絶寂寞山窓掩白雲

哭張十八校書數日前辱書未及還答俄承凶訃

芸閣爲郎一命初桐州寄傲十年餘魂隨逝水歸何處
名在新詩衆不如蹉跎江浦生華髮牢落寒原會素車
更憶八行前日到含悽爲報秣陵書

題亡友江畔舊居

寥落留三徑柴扉對楚江蠨蛸集暗壁蜥蜴走寒窻松
蓋欹書幌苔衣上酒釭平生斷金契到此淚成雙

權文公集卷七

欽定四庫全書

權文公集卷八

唐　權德輿　撰

詩

德宗神武孝文皇挽歌詞三首

霞露雍熙運澄清教化源赓歌凝庶績羽舞被深恩纂業光文祖貽謀屬孝孫恭聞留末命猶是愛元元

梯航來萬國玉帛慶三朝湛露恩方浹薰風曲正調晏

車悲鹵簿廣樂遏簫韶最愴號弓處龍髯毎上紫霄
嘗時栢梁宴玉斝恩波遍今日轂林歸靈轀煙雨霏喬
山森羽騎渭水擁旌旂仙馭何由見耘田鳥自飛

順宗至德大安孝皇帝挽歌三首　時充鹵簿使

十月開昌運三辰麗德音薦功期瘞玉昭儉每捐金解
澤皇風遍虞泉白日沉仍聞起居注焚奏感人心
孝理本憂勤元功在睿神睿圖傳上嗣壽酒比家人仙
馭三清遠行宫萬象新小臣司侍從還扈屬車塵

候曉傳清蹕迎風引緌旒共瞻宮輅出遙想望陵愁弓劒隨雲氣衣冠奉月遊空餘駕龍處搖落鼎湖秋

昭德皇后挽歌詞

淮水源流遠塗山禮命升往年求故劒今夕祔初陵鸞鏡金波澁翬衣玉彩凝千年子孫慶孝理在蒸蒸

大行皇太后挽歌詞 三首

溎水靈源濬因山祔禮崇從龍開隧路合璧向方中帳殿金根出廞衣玉座空唯餘文母化陰德滿公宮

配禮歸清廟靈儀出直城九虞寧厚載一惠易尊名曉
漏銅壺澁秋風羽翣輕容車攀望處𣱵慕切皇情
哀笳出長信寶劍入延津鳴咽宫車進淒凉祠殿新青
烏靈兆久白燕瑞書頻從此山園夕金波昭玉塵

惠昭皇太子挽歌詞二首

前星落慶霄薤露逐晨飆宫仗黄麾出仙遊紫府遥空
嗟鳳吹去無復雞鳴朝今夜西園月重輪更寂寥
東朝聞楚挽羽翮依俙轉天歸京兆新日與長安遠蘭

芳落故殿桂影銷空苑騎吹咽不前風悲九旗卷

贈文敬太子挽歌詞二首

盤石公封重瑤山贈禮尊歸前榮備物樂善積深恩雁沼寒波咽鸞旌夕吹翻唯餘西靡樹千古灞陵原

銅壺晚漏初羽葆擁塗車方外留鴻寶人間得善書清笳悲畫綬朱邸散長裾還似緱山駕飄颻向碧虛

贈鄭國莊穆公主挽歌二首

追飾崇湯沐遺芳藹禁闈秋原森羽衛夜壑掩容輝睿

藻悲難盡公宮望不歸笳簫向煙霧疑是綵鸞飛
舊館列平陽容車啟壽堂露凝蕣英落風度薤歌長淑
德圖書在皇慈禮命彰淒涼灞川曲壟樹已成行

贈魏國憲穆公主挽歌詞二首

漢制榮車服周詩美肅雍禮尊同姓主恩錫大名封外
館留圖史陰堂憶德容睿詞悲薤露千古仰芳蹤
秦樓曉月殘鹵簿列才官紅綬蘭桂歇粉田風露寒凝
笳悲駟馬清鏡掩孤鸞愍册徽音在都人雪涕看

贈梁國惠康公主挽歌詞二首

外館嬪儀貴中家濬渥深初笄橫白玉盛服鏤黄金鳳度簫聲遠河低婺彩沉夜臺留册謚悽愴即徽音

杳靄異湘川飄颻駕紫煙鳳樓人已去鸞鏡月空懸霧濕湯沐地霜凝脂粉田音容無處所應在玉皇前

故太尉兼中書令贈太師西平王挽歌詞

翊戴推元老謀猷合大君河山封故地金石表新墳劒履悲長夜笳簫咽暮雲還經誓師處蕤露不堪聞

故司徒兼侍中贈太傅北平郡王挽歌詞

授律勲庸盛居中鼎鼐和佐時調四氣宣力静三河忽訪天京兆空傳漢伏波金朝麟閣上偏軫聖情多

奉和禮部李尚書酬著作竹亭歌

直城朱户相邐連九逵丹轂聲闐闐春官自有花源賞終日南山當目前晨摇玉珮趍温室暮入竹溪疑洞天烟消雨過看不足晴翠鮮飈逗深谷獨謡一曲泛流霞閒對千竿連浄緑縈迴疏鑿隨勝地石磴巖扉光景異

虛齋寂寂清籟吟幽澗紛紛雜英墜家承麟趾貴劒有龍泉賜上奉明時事無事人間方外輿偏多能以簪纓狎薛蘿常通内學青蓮偈更奏新聲白雪歌風入松雲歸棟鴻飛滅處猶目送蝶舞閒時夢忽成蘭臺有客敘交情反照中林曳履聲直為君恩催造膝東方辨色謁承明

奉和張僕射朝天行

元侯重寄貞師律三郡四封今靜謐丹轂常思闕下來

紫泥忽自天中出軍裝喜氣倍超程千騎鳴珂入鳳城
周王致理稱申甫今日賢臣見明主拜恩稽首紛無已
凝旒前席皇情喜逢時自是山出雲獻可還同石投水
昔歲褰衣梁甫吟當時已有致君心專城一鼓妖氛靜
擁旆十年天澤深日日披誠奉昌運王人織路傳清問
仙醖嘗分玉斝濃御閑更輟金羈駿元正前殿朝君臣
一人負扆百福新宮懸綵仗儼然合瑞氣爐煙相與春
萬年枝上東風早珮玉晨趨光景好塗山已見首諸侯

麟閣終當畫元老温室沉沉漏刻移退朝賓侶每相隨
雄詞樂職波濤濶曠度交歡雲霧披自古全才貴文武
懦夫只解冠章甫見公抽匣百鍊光試欲磨鈆諒無取

和李中丞慈恩寺清上人院牡丹花歌

澹蕩韶光三月中牡丹偏自占春風時過寶地尋香徑
已見新花出故叢曲水亭西杏園北濃芳深院紅霞色
擢秀全勝珠樹林結梗䇮在青蓮域艷蘂鮮房次第開
含煙洗露照蒼苔龐眉倚杖禪僧起輕翅縈枝舞蝶來

獨坐南臺時共美閒行古刹情何已花間一曲奏陽春

應為芬芳比君子

錫杖歌送明楚上人歸佛川

上人遠自西天至頭陀行遍國朝寺口翻貝葉古字經

手持金策聲泠泠護法護身唯振錫石瀨雲溪深寂寂

乍來松徑風更寒遙映霜天月成魄後夜空山禪誦時

寥寥挂在枯樹枝真法常傳心不住東西南北隨緣路

佛川此去何時迴應真莫便遊天台

馬秀才草書歌

伯英草聖稱絶倫後來學者無其人白眉年少未弱冠落紙紛紛運纖腕初聞之子十歲餘當時時輩皆不如猶輕昔日墨池學未許前賢團扇書艷彩芳姿相點綴水映荷花風轉蕙三春併向指下生萬象爭分筆端勢有時當暑如清秋滿堂風雨寒颼颼乍疑崩崖瀑水落又見古寺飢鼯愁變化縱横出新意眼看一字千金貴憶昔謝安問獻之時人雖見那得知

離合詩贈張監閣老

黄葉從風散暗嗟時節换忽見鬢邊霜勿辭林下觴躬行君子道身負芳名早帳殿漢官儀巾車塞垣草交情劇斷金文律每招尋始知蓬山下如見古人心

奉酬禮部閣老轉韻離合見贈秘書監張薦

移居既同里多幸陪君子宏雅重當朝弓旌早見招植根瓊林圃直夜金閨步勸深子玉銘力競相如賦間潤向春闈日復想光儀格言幸難繼木石强為詞

禮部權侍郎閣老史館張秘監閣老有離合酬贈之什宿直吟翫聊繼此章中書舍人崔汾

脈脈羨佳期月夜吟麗詞諫垣則隨步東觀方承顧雪林消艷陽簡冊漏華光坐更芝蘭室千載各芬芳節苦文俱盛即時仍並命翩翻紫霄中羽翮相輝映

同前中書舍人楊於陵

校德盡珪璋才臣時所揚放情寄文律方茂經拜術王獻偕發揮十載契心期晝遊有嘉話書法無隱辭信茲

酬和美言與芝蘭比昨來念吟繹日覺祛蒙鄙

同前給事中許孟容

史才司祕府文哲今超古亦有擅風騷六翮文墨曹左賢三代意工藝千金字花識從臣謠人推仙閣吏如登崑閬時口誦靈真詞孫簡下威鳳糸霜瓊玉枝

同前給事中馮伉

車馬退朝後申懷在文友動詞宗伯雄重美良史功亦曾吟鮑謝二妙尤增價雨子付反霜鴻戾天匝樹烏啼夜

覃思各縱橫早擅希代名息心欲焚硯自醜倍羣英

同前戶部侍郎潘孟陽

詠歌有離合永夜覩酬答笥中操綠牋竹簡何足編意深俱妙絶心契交情結計彼官接聯言初並清切翔集本相隨羽儀良在斯煙雲競文藻因喜覩新詩

同前國子司業武少儀

少年慕時彥小悟文多變木鐸比羣英八方流德聲雷陳美交契雨雪音塵繼恩顧各飛翔因詩覩瑰麗傳野

絶遺賢人希有盛遷早欽風與雅日詠贈酬篇

春日雪寄上張二十九丈大監請招禮部權曹長

迴文絶句戶部侍郎潘孟陽

春梅雜落雪發樹幾花開直須盡興飲仁里願同來以下連二首俱係迴文體

春酬秘書監張薦

遲遲日氣暖漫漫雪天春知君欲醉飲思此見交親

酬前

酒杯春醉好飛雪晚庭閒久憶同前賞中林對遠山

五雜組

五雜組旗亭客往復還城南陌不得已天涯謫

數名詩

一區揚雄宅恬然無所欲二頃季子田歲晏常自足三端固為累事物反徽束四體苟不勤安得豐菽粟五侯誠暐煜榮甚或為辱六翮未騫翔虞羅乃相觸七人稱作者杳杳有遐躅八桂挺奇姿森森照初旭九歌傷澤

畔怨思徒刺促十翼有格言幽貞謝浮俗

星名詩

虛懷何所欲歲晏聊懶逸雲翼謝翩翻松心保貞實風秋景氣爽葉落井逕出陶然美酒酣所謂幽人吉自當輕尺壁豈復掃一室安用簪進賢少微斯可必

卦名詩

節變忽驚春臨風騁望頻支頤倦書愰步履整山巾時鳥漸成曲雜芳隨意新楚霞連觀闕綺陌麗咸秦天地

令交泰雲雷昔遘屯中孚諒可樂書此示家人

藥名詩

七澤蘭房千里春瀟湘花落石鱗鱗有時浪白微風起坐釣藤陰不見人

古人名詩

藩宣秉戎寄衡石崇勢位年紀信不留苑張良自媿樵蘇則為愜瓜李斯可畏不顧榮官尊每陳豐畝利家林類巖巘負郭躬歛積忌滿寵生嫌養蒙恬勝智疎鐘皓

月曉晚景丹霞異澗谷永不諼山梁冀無累頗符生肇

學得展禽尚志從此直不疑支離踈世事

州名詩寄道士

金蘭同道義瓊簡復芝田平楚白雲合幽崖丹桂連松

峯明愛景石竇納新泉冀永南山壽歡隨萬福延

八音詩

金谷盛繁華涼臺列簪組石崇留客醉緑珠當座舞絲

淚可銷骨冶容竟何補竹林諒賢人滿酌無所苦匏居

容晏豆儒室貴環堵土鼓與汙罇頣神則爲愈革道當在早謙光斯可取木雁才不才吾知養生主

建除詩

建節出王都雄雄大丈夫除書加右職騎吏擁前驅滿月張縏弱含霜耀鹿盧平明躍騕褭清夜擊珊瑚定遠功那比平津策乃迂執心思報國効節在忘軀破膽銷丹浦顰娥舞緑珠危冠徒自愛長轂事應殊成績封千室疇勞使五符收功輕驃衛致理邁黄虞開濟令如此

英威古不侔閑闢草元者無乃誤為儒

六府詩

金罍映玉俎賓友紛宴喜木蘭泛方塘桂酒啟皓齒水榭臨空迴酣歌當座起火雲散奇峰瑤瑟韻清徵土梗乃虛論康莊有逸軌穀城一編書談笑佐天子

三婦詩

大婦剌繡文中婦縫羅裙小婦無所作嬌歌遏行雲丈人且安坐金爐香正薰

安語

巖巖五岳鎮方輿八極廓清氛祲除揮金得謝歸里閭

象床角枕支體舒

危語

被病獨行逢乳虎狂風駭浪失棹櫓舉人看榜聞曉鼓

孱夫孽子遇妬母

大言

華嵩為珮河為帶南交北朔跬步内搏鵬作腊巨鼇鱠

伸舒軼出元氣外

小言

醯雞伺晨駕蚊翼毫端棘刺分畛域蛛絲結搆聊詹息蟻垤崔嵬不可陟

權文公集卷八

欽定四庫全書

權文公集卷九

唐 權德輿 撰

詩

雜詩五首

婉彼嬴氏女吹簫偶簫史綵鸞駕非烟綽約雨僊子神期諒交感相顧乃如此豈比成都人琴心中夜起

陽臺巫山上風雨忽清曠朝雲與遊龍變化千萬狀魂

交復目斷縹緲難比况蘭澤不可親凝情坐惆悵
淇水春正緑上宫蘭葉齊光風雨揺蕩鳴珮出中闈一
顧授横波千金呈瓠犀徒然路傍子怳怳復凄凄
碧樹泛鮮飇玉琴含妙曲佳人掩鸞鏡婉婉凝相矚文
袿映東素香黛宜幔緑寂寞遠懷春何時來比目
含顰倚瑤瑟丹慊結繁慮失身不自還萬恨隨玉筯蘼
蕪山下路團扇秋風去君看心斷時猶在目成處

廣陵詩

廣陵寶佳麗隨季此為京八方稱輻湊五達如砥平大旆映空色笳簫發連營層臺出重霄金碧摩顥清交馳流水轂迴接浮雲甍青樓旭日映緑野春風晴噴玉光照地顰蛾價傾城燈前千巧笑陌上相逢迎飄颻翠羽薄掩映紅袖明蘭麝遠不散管絃閑自清曲士守文墨達人隨性情茫茫竟同盡冉冉將何營且申今日歡莫務身後名肯學諸儒輩書窓誤一生

古意

家人强進酒酒後能忘情持杯未飲時衆感紛已盈明月照我房庭柯振秋聲空庭白露下枕席凉風生所思萬里餘水濶山縱横佳期憑夢想未曉愁雞鳴願將一心人當年歡樂平長筵映玉俎素手彈秦筝䁀睇呈巧笑惠音激凄清此願良未果永懐空如酲

雜言和常州李員外副使春日戲題十首

隨風柳絮輕映日杏花明無奈花深處流鶯三數聲

蘭橈畫舸轉花塘水映風搖路漸香任與不知行近遠
更憐微月照鳴榔
簷前曉色驚雙燕戶外春風舞百花粉署可憐閒對此
惟令碧玉泛流霞
枕上覺窗外曉怯朝光驚曙鳥花墜露滿芳沼柳如絲
風裊裊佳期遠相見少試一望魂杳渺
閒庭無事獨步春輝韶光滿目落蕊盈衣芳樹交柯文
禽並飛婉彼君子悵然有違對酒不飲橫琴不揮不揮

者何知音誠稀

江春好遊行處處芳菲積縧舫入花津香車依柳陌綠楊煙裊裊紅蕊鶯寂寂如何愁思人獨與風光隔

曙風漸到窗前移樽更就芳筵輕吹乍搖蘭燭春光暗入花鈿絲竹偏宜靜夜綺羅共占韶年不遣通宵盡醉定知孤負風烟

露洗百花新簾開月照人綠窗銷暗燭蘭逕掃清塵雙燕頻驚夢三桃競報春相思寂不語珠淚灑紅巾

雨歇風輕一院香紅芳緑翠接東墻春衣試出當軒立

定被鄰家暗斷腸

春風半春光遍柳如緜花似霰歸心勞夢寐遠目傷遊

眄可惜長安無限春年年空向江南見

相思曲

少小別潘郎嬌羞倚畫堂有時裁尺素無事約殘黄鶺

語臨粧鏡花飛落繡床相思不解説明月照空房

古樂府

光風澹蕩百花吐樓上朝朝學歌舞身年二八堦侍中幼妹承恩兄尚主綠窗珠箔繡鴛鴦侍婢先焚百和香鸎啼自寐不知曙寂寂羅幃春夢長

渡秋江二首

秋江平秋月明孤舟獨夜萬里情萬里情相思遠人不見兮淚滿

渡秋江兮渺然望秋月兮嬋娟色如練萬里遍我有所思兮不得見不得見兮露寒水深耿遥夜兮傷心

秋閨月

三五二八月如練海上天涯應共見不知何處玉樓前乍入深閨玳瑁筵露濃香逕和愁坐風動羅幃照獨眠初捲珠簾看不足斜抱箜篌未成曲稍映粧臺臨綺窗遙知不語淚雙雙此時愁望知何極萬里秋天同一色靄靄遙分陌上光迢迢對此閨中憶早晚歸來歡讌同可憐歌吹月明中此夜不堪腸斷絕願隨流影到遼東

薄命篇

昔任邯鄲年尚少只是嬌羞弄花鳥青樓碧紗大道邊
緑楊日暮風裊裊嬋娟玉貌二八餘自憐顔色花不如
麗質全勝秦氏女藁砧寧用專城居歲去年來年漸長
青春紅粉全堪賞玉樓珠箔但閑居南陌東城詎來往
韶光日日看漸遲標梅既落行有時寧知燕趙娉婷子
𪗋嫁幽并游俠兒年年結束青絲騎出門一去何時至
秋月空懸翡翠簾春幃懶卧鴛鴦被沙塞經時不寄書
深閨愁獨意何如花前拭淚情無限月下調琴恨有餘

離別苦多相見少洞房愁夢何由曉閒看雙燕淚霏霏
靜對空床魂悄悄鏡裡紅顏不自禁陌頭香騎動春心
爲問佳期早晚是人人總解有黄金

放歌行

夕陽不駐東流急榮名貴在當年立青春虚度無所成
白首銜杯亦何及拂衣西笑出東山君臣道合俄頃間
一言一笑玉墀上變化生涯如等閒朱門杳杳列華戟
座中皆是王侯客鳴環動珮暗珊珊駿馬花驄白玉鞍

十年斗酒不知貴半醉留賓邀盡歡銀燭煌煌夜將久
侍婢金罍瀉春酒春酒盛來琥珀光暗聞蘭麝幾般香
乍看皓腕映羅袖微聽清歌發杏梁雙環美人君不見
一一皆勝趙飛燕迎杯乍舉石榴裙匀粉時交合歡扇
未央鐘漏醉中聞聯騎朝天曙色分雙闕煙雲遥靄靄
五衢車馬亂紛紛罷朝鳴珮驟歸鞍今日還同昨日歡
歲歲年年恣遊讌出門滿路光輝遍一身自樂何足言
九族為榮真可羨男兒稱意須及時閑門下帷人不知

年光看逐轉蓬盡徒詠東山招隱詩

雜言旅館雪晴又睹新月衆興所感因成雜言

寥寥深山雪初晴樓上雲開月漸明池中片影依稀見簾外晴光遠近生皎皎晴空宜破鏡廣庭積素偏相映珠簾卷卻光更深玉指持來色逾淨夢覺青樓最可憐嬋娟素魄滿寒天天地寥寥同一色秦淮楚江無限極歸鴻斷猿何處聲深閨旅館遙相憶長安五侯華閣開嘉賓列坐傾金罍賞明月翫流雪纖手蛾眉座中設清

歌一聲無斷絕夜已久樂未闌狐裘獸炭不知寒珠環
翠珮聲珊珊履舄紛紜袿袖攢朱顏倚醉盡君歡人生
少年全不久相看且勸杯中酒丈夫富貴自有期映雪
讀書徒白首

玉臺體

鶯啼蘭已紅見出鳳城東粉汗宜斜日衣香逐上風情
來不自覺暗駐五花驄
嬋娟二八正嬌羞日暮相逢南陌頭試問佳期不肯道

落花深處指青樓

隱映羅衫薄輕盈玉腕圓相逢不肯語微笑畫屏前

知向遼東去由來幾許愁破顔君莫怪嬌小不禁羞

樓上吹簫罷閨中刺繡闌佳期不可見盡日淚潺潺

淚盡珊瑚枕魂銷玳瑁牀羅衣不忍看羞見繡鴛鴦

君去期花時花時君不至簷前雙燕飛落妾相思淚

空閨滅燭後羅幌獨眠時淚盡腸欲斷心知人不知

秋風一夜至吹盡後庭花莫作經時别西鄰是宋家

獨自披衣坐更深月露寒隔簷腸欲斷爭敢下階看
昨夜裙帶解今朝蟢子飛鉛華不可棄莫是藁砧歸
萬里行人至深閨夜未眠雙眉燈下掃不待鏡臺前

贈友人時友人新有別恨者

知向巫山逢日暮輕袿玉佩暫淹留曉隨雲雨歸何處還是襄王夢覺愁

舟行見月

月入孤舟夜半晴寥寥霜雁兩三聲洞房燭影在何處

欲寄相思夢不成

雜興五首

叢鬢愁眉時勢新初笄絶代北方人一顰一笑千金重肯似成都夜失身

乍聽絲聲似竹聲又疑丹穴九雛驚金波露洗淨於晝寂寞不堪深夜情

琥珀樽開月映簷調絃理曲指纖纖含羞斂態勸君住更奏新聲刮骨鹽

乳燕雙飛鸎亂啼百花如繡照深閨新粧對鏡知無比
微笑時時出瓠犀
巫山雲雨洛川神珠襻香腰穩稱身惆悵粧成君不見
含情起立問傍人

權文公集卷九

權文公集卷十

唐 權德輿 撰

詩

祗役江西路上以詩代書寄内

辛苦事行役風波倦晨暮揺揺結遐心靡靡即長路别來如昨日每見缺蟾兔潮信催客帆春光變江樹宦遊豈云愜歸夢無復數愧非超曠姿循此跼促步笑言思

暇日規勸多遠度鶉服我久安荆釵君所慕伊予多昧
理初不涉世務適因擁腫材成此懶慢趣一身常抱病
不復理章句胸中無町畦與物且多忤既非大川檝則
守南山霧胡為出處間徒使名利汚羈孤望子禄孩穉
待我餔未能即忘懐恨恨以此故終當税鞿鞅豈待畢
婚娶如何久人寰俛仰學舉措衡茅去迢遞水陸兩馳
騖晰晰窺曉星窣窣踐朝露靜聞田鸛起遠見沙鴇聚
怪石不易躋急湍那可泝漁歌聞遠岍煙火明古渡下

碇夜已深上碕波不駐畏途信非一離念紛難具枕席有餘清壺觴無與晤南方出蘭桂歸日自分付北窓留琴書無乃委童孺春江足魚雁彼此勤尺素早晚到中閨怡然兩相顧

夜泊有懷

棲烏向前林暝色生寒蕪孤舟去不息衆感非一途川程方浩淼離思紛鬱紆轉枕眼未熟擁衾淚已濡窘然風水上寢食疲朝晡心想洞房夜知君還向隅

自桐廬如蘭溪有寄

東南江路舊知名惆悵春深又獨行新婦山頭雲半斂女兒灘上月初明風前蕩颺雙飛蝶花裡間關百囀鶯滿目歸心何處説欹眠搔首不勝情

相思樹

家寄江東遠身對江西春空見相思樹不見相思人

石楠樹

石楠紅葉透簾春憶得粧成下錦茵試折一枝含萬恨

分明說向夢中人

斗子灘

斗子灘頭夜已深月華偏照此時心春江風水連天濶
歸夢悠揚何處尋

黃蘗館

駈車振楫越山川候曉通宵冒烟雨青楓浦上魂已銷
黃蘗館前心自苦

清明日次弋陽

自歎清明在遠鄉桐花覆水葛溪長家人定是持新火點作孤燈照洞房

中書夜直寄贈

通籍在金閨懷君百慮迷迢迢五夜永脈脈雨心齊步履疲青瑣開緘倦紫泥不堪風雨夜轉枕憶鴻妻

病中寓直代書題寄

愚夫何所任多病感君深自謂青春壯寧知白髮侵寢興勞善祝疎嬾愧良箴寂寞聞宫漏那堪直夜心

端午日禮部宿齋有衣服綵結之貺以詩還答

良辰當五日偕老祝千年綵縷同心麗輕裾映體鮮寂寥齋畫省款曲擘香牋更想傳觴處孫孩遍目前

酬九日

重九共遊娛秋光景氣殊他時頭似雪還對插茱萸

和九日從楊氏姊遊

秋光風露天令節慶初筵易象家人吉閨門女士賢招邀菊會酒屬和柳花篇今日同心賞全勝落帽年

上巳日貢院考雜文不遂赴九華觀祓禊之會以

二絶句申贈

三月韶光處處新九華仙洞七香輪老夫留滯何由往

珉玉相和正遶身時以沽美酒為詩題

禊飲尋春興有餘深情婉婉見雙魚同心齊體如身到

臨水凭欄便祓除

和九華觀見懷貢院八韻

上巳好風景仙家足芳菲地殊蘭亭會人似山陰歸丹

竄綴珠掩白雲巖逕微真官集女士虛室涵春輝拘限心杳杳歡言望依依滯茲文墨職坐與琴觴違麗曲滌煩慮幽緘發清機支頤一吟想恨不雙翩飛

桃源篇

小年嘗讀桃源記忽睹良工施繪事巖逕初欣繚繞通溪風轉覺芬芳異一路鮮雲雜彩霞漁舟遠遠逐桃花漸入空濛迷鳥道寧知掩映有人家龐眉秀骨爭迎客鑿井耕田人世隔不知漢代有衣冠猶說秦家變阡陌

石髓雲英甘且香仙翁留餅出青囊相逢自是松喬侶良會應殊劉阮郎内子閒吟倚瑶瑟翫此沉沉銷永日忽聞麗曲金玉聲便使老夫思閣筆

新居與兒女夜坐聽琴舉酒

泥泥露凝葉騷騷風入林以茲皓月圓不厭良夜深列坐屏輕箑放懷絃素琴兒女各冠笄稚孩遶衣襟乃知大隱趣宛若滄洲心方結偕老期豈憚華髮侵笑語向蘭室風流傳玉音愧君袖中字價重雙南金

七夕

今日雲軿渡鵲橋應悲脈脈與迢迢家人競喜開粧鏡
月下穿針拜九霄

縣君赴興慶宮朝賀載之奉行冊禮因書即事

合卺交歡二十年今朝比翼共朝天風傳漏刻香車度
日照旌旗綵仗鮮顧我華簪鳴玉珮看君盛服耀金鈿
相期偕老宜家處鶴髮魚軒更可憐

元和元年蒙恩封成紀縣伯時室中封安喜縣君

感慶兼懷聊申賀贈

啟土封成紀宜家縣安喜同欣井賦開共受閨門祉珩璜聯釆組琴瑟諧宮徵更待懸車時與君歡暮齒

河南崔尹即安喜從兄宜於室家四十餘歲一昨寓書病傳永寫告身既枉善祝因成絶句

五色金光鸞鳳飛三川墨妙巧相輝尊崇善祝今如此共待曾元捧翟衣

奉使豐陵職司鹵簿通舟涉路因寄内

綵仗列森森行宮夜漏深殳鋋方啟路征鼓正交音曙

月思蘭室前山辟穀林家人念行役應見此時心

酬南園新亭宴會璩新第慰慶之作時任賓客

南亭煙景濃平視中南峯宮閒似休沐盡室來相從日

抱漢陰甕或成蝴蝶夢樹老欲連雲竹深疑入洞歡言

交羽觴列坐儼成行歌吟不能去待此明月光好述蘊

明識內顧多慙色不厭梁鴻貧常譏伯宗直予壻信時

英諫垣金玉聲男兒纔弱冠射策幸成名偃放斯自足

翛然去營欲散木固無堪虛舟常任觸大隱本吾心喜君流好音相期懸車歲此林即中林

七夕見與諸孫題乞巧文

外孫爭乞巧內子共題文隱映花奩對參差綺席分鵲橋臨片月河鼓掩輕雲羨此嬰兒輩歡呼徹曙聞

太常寺宿齋有寄

轉枕挑燈候曉雞相君應嘆太常妻長年多病偏相憶不遣歸時醉似泥

朝迴閱樂寄絕句

子城風暖百花初樓上龜茲引導車曲罷卿卿理騶馭
細君相望意何如

中書宿齋有寄

銅壺漏滴斗闌干泛灔金波照露盤遙想洞房眠正熟
不堪深夜鳳池寒

中書送勑賜齋饌戲酬

常日每齋眉令朝共解頤遙知大官膳應與衆雛嬉

　勅賜長壽酒因口號以贈

恩霑長壽酒歸遺同心人滿酌共君醉一杯千萬春

　冬至日宿齋時郡君南内朝謁因寄

清齋獨向圓丘拜盛服想君興慶朝明日一陽生百福
不辭相望阻寒宵

　發峽石路上郤寄内

莎栅東行五谷深千峰萬壑雨沉沉細君幾日路經此
應見悲翁相望心

貞元七年蒙恩除太常博士自江東來朝時與郡君同行西岳廟停車祝謁元和八年拜東都留守途次祠下追計前事已二十三年於茲矣時郡君以疾恙續發因代書郤寄

憶昔辛未歲詔書下江壖盡室赴禮官脂車雜輜軿行役過梁苑淹留經圃田郡君表姊壻元俯為宣武從事權理宋君州郡從壻李融時為鄭州各淹留累日秦關信百二征駕逾三千仙掌眺蓮峯靈祠謁金天騶馭儼已駐女巫爭來前動容既紛若展敬方

肅然時為女巫所導過於恭敬不能具舉蹇步入國門華簪拱祥煙諫曹
迨居守倏已十六遷及茲東乘轅二十餘三年盛明受
恩澤情近皆聯翩忽當禮寺重俄忝相印懸陳力才不
任乞骸詞頗堅解龜罷金鼎賜劍猶龍泉鄙夫何所能
寶賴中饋賢談笑皆體遠箴規諒才全拜恩理晨裝詔
使來駢闐風生鞍馬疾日出旌旗鮮信宿歷道途曩遊
記周旋蹔别亦不易沉痾今來痊醫方驗桐君道術依
竺乾庶憑神明佑得使疾恙蠲醫工輔氏深於藥清診益切大比丘尼曼曇持

念精至並約同來累路將護永懷心如怏引望脰已肩離披夏雲盡

皎鏡秋月圓閑緘諷色絲撰日馳平肩延企勞夢寐涕

淚暗潺湲想已給經茲還復申祝延攝拜奠清酤相期

保華年遠慙周君較聊擬顧彥先慇懃俟來報淚墨書

此篇

權文公集卷十

總校官舉人臣章維桓
校對官學正臣周鋐
謄録監生臣張椿

圖書在版編目（CIP）數據

權文公集 / (唐) 權德輿撰. —北京：中國書店, 2018.2
ISBN 978-7-5149-1897-7

Ⅰ. ①權… Ⅱ. ①權… Ⅲ. ①唐詩－詩集 Ⅳ. ①I222.742

中國版本圖書館CIP數據核字(2017)第317861號

四庫全書·別集類

權文公集

作者　唐·權德輿撰
出版發行　中國書店
地址　北京市西城區琉璃廠東街一一五號
郵編　一〇〇〇五〇
印刷　山東汶上新華印刷有限公司
開本　730毫米×1130毫米　1/16
印張　15.125
版次　二〇一八年二月第一版第一次印刷
書號　ISBN 978-7-5149-1897-7
定價　五〇 元